달빛
조각사

달빛 조각사 57

2020년 4월 1일 초판 1쇄 인쇄
2020년 4월 6일 초판 1쇄 발행

지은이 남희성
발행인 이종주

기획 팀 이기헌 왕소현 박경무
책임 편집 이세종

발행처 (주)로크미디어
출판등록 2003년 3월 24일
주소 서울시 마포구 성암로 330 DMC첨단산업센터 3층 318호, 319호
Tel (02)3273-5135 **편집** (070)7863-8593 **Fax** (02)3273-5134
홈페이지 rokmedia.com **E-mail** rokmedia@empas.com

ⓒ 남희성, 2007

값 8,000원

ISBN 979-11-354-2176-1 (57권)
ISBN 978-89-5857-902-1 04810 (세트)

달빛 조각사

남희성 게임 판타지 소설

로크미디어

차례

모라타에서   7

최후의 날   43

케이베른의 분노   93

대격전   133

레드 드래곤 랜도니   171

블루 드래곤 라투아스   211

조각 생명체들의 결의   269

모라타에서

KMC미디어에서는 철혈의 워리어가 되기 위한 바드레이의 모험을 독점 중계했다.

"빙벽을 올라서 빙하 지대를 걸으면 새로운 직업을 얻을 수 있다고 합니다. 철혈의 워리어. 이미 알고 계시는 분들도 많으실 텐데요."

"전투 계열의 특별한 직업이죠. 강철 같은 맷집을 바탕으로 아무리 맞아도 죽지 않는다는……."

"하하, 그건 과장이 좀 있고요. 철혈의 워리어가 굉장한 방어력을 가졌다는 건 사실입니다. 혹독한 환경에서 태어나는 직업이죠."

"위드 님이 사막에서 폭풍을 제압하고 태양의 전사가 된 것과 비슷한 상황인가요?"

"그렇게 볼 수도 있겠습니다."

헤르메스 길드의 전성기는 지났지만 바드레이의 직업에 대해서는 사람들의 관심이 높아, 시청률도 높게 기록되었다.

방송 화면에 멀리서 빙벽을 타고 오르는 바드레이의 모습이 잡히고 있었다.

"얼어붙은 빙벽을 오르는 것만도 보통 일이 아닌 것으로 보입니다."

"발을 디딜 곳이 마땅치 않아 보여요."

"날카로우면서도 미끄럽겠지요. 길을 만들면서 가야 하는데요, 옷이 휘날리는 걸 보니 바람도 거친 것으로 보입니다."

"보기만 해도 추워서 몸이 떨려 오는 기분이에요."

"저곳을 맨손으로 올라야 하는데, 힘이나 인내력이 웬만큼 높지 않으면 떨어져서 죽을 수밖에 없는 위험한 퀘스트입니다. 고소공포증이 있는 사람은 아예 도전도 못 할 테죠."

빙벽의 삼분의 일 지점에서부터 바드레이의 망토가 미친 듯이 펄럭였다. 그때부터는 망토를 벗어 버린 탓에 영상으로는 확인이 안 되었지만 세찬 바람에 몸을 가누기도 어려웠다.

'까딱하면 죽겠군.'

바드레이는 거울처럼 매끈한 빙벽을 조금씩 신중하게 기어올라 갔다.

체력이 엄청나게 소모되는 일이었고, 미끄러지지 않도록

집중력도 유지해야 했다. 그렇게 빙벽을 간신히 오르자 가장 어려운 단계는 지났다고 생각했다.

'됐어, 해냈다.'

손가락은 얼어붙어서 감각이 없었고 다리 역시 마찬가지의 상태.

'이제부턴 최대한 멀리 가야 한다.'

모험으로 얻게 되는 빙하의 검은 반드시 갖고 싶었다.

바드레이는 칼날처럼 거센 바람에 고개를 숙이고 걷기 시작했다.

얼어붙은 몸으로 한 걸음씩 떼어 내는 것이 이렇게 힘들 줄이야.

철혈의 워리어라는 직업이 극한의 인내력을 필요로 한다는 점은 충분히 알 수 있을 것 같았다.

'방송에서 사람들이 보고 있을 텐데… 여기서 죽으면 무슨 개망신이란 말인가.'

모라타의 요새화!

미블로스, 파보가 협력하고 북부의 건축가 조합이 달라붙었다.

건축가들은 모라타의 도면을 놓고 장고를 거듭했다.

"도시 보호와 드래곤 공략을 동시에 해야 합니다. 둘 다 달성하기에는 정말 어려운 목표입니다."

"도심이 아니라 성벽 외곽에서 싸우면 그나마 좋을 텐데요."

"그러면 더할 나위 없이 좋겠지만… 지금까지의 사례를 보면 드래곤이 도시 한복판에 내려올 가능성이 가장 높습니다."

"주변 건축물들을 고려하면 빙룡 광장이 피해가 가장 적습니다. 여기로 드래곤을 끌어들이면 어떨까요."

"와이번 광장도 나쁘지 않지요. 시장이 가깝지만 재건축을 하기에는 수월한 장소입니다."

건축가들은 머리를 싸매고 설계와 시공을 동시에 하고 있었다.

모라타에 성벽을 세우고 건물들의 벽을 두껍게 보강해도 얼마나 더 오래 버틸 수 있을까.

드래곤이 대규모 마법이라도 한번 터트린다면 건물들은 우수수 쓰러져 버리고 말리라.

건축가들에게는 극단적이면서 최악의 조건이었지만, 그렇기에 더 열정에 불타올랐다.

미블로스가 뚫어져라 모라타의 지도를 살펴보다 고개를 들었다.

"위드 님의 최종 의견은 어떻습니까?"

파보가 담담히 대답했다.

"우리의 결정을 무엇이든 지지한다고 했습니다."

"만약 모라타가 전부 파괴된다고 해도요?"

"건축가들에게는 어떤 책임도 묻지 않겠다고 했습니다. 전쟁 준비에 필요한 모든 것을 지원하며, 그 과정과 결과에 있어서는 전부 위드 님이 책임진다고 했습니다."

"허, 그렇게까지 우릴 믿어 주다니."

미블로스는 나이가 지긋함에도 불구하고, 자신을 믿어 주는 위드 때문에 눈물이 찔끔 흘러나왔다.

중앙 대륙에서 지내면서 하청 공사를 할 때와는 차원이 다른 존중을 받고 있었다.

다른 건축가들도 고개를 끄덕였다.

"역시 위드 님이군."

"정말 어려운 결정이야. 건축의 중요성을 알아주기 때문에 저렇게까지 믿고 맡기는 거겠지."

"다른 거 다 필요 없어. 딱 한 사람만 봐도 아르펜 제국이 왜 흥하는지를 알 수 있어."

위드에 대한 평가는 전체적으로 높았지만, 특히 상인과 건축가에게 절대적인 존경을 받았다.

"대장장이 조합의 협력은요?"

"드워프 대장장이들이 적극적으로 참여하고 있습니다."

"철의 보급은……."

"넉넉하진 않지만, 부족한 수준도 아닙니다. 그날이 올 때까지 3,000채 정도의 강철 건물을 세울 수 있을 것입니다."

건축가들은 심사숙고해서 몇 가지 방안을 세웠다.

예술가들이 드래곤의 관심을 끄는 짝퉁 조각품들을 세우는 것에 착안하여, 그들은 강철 건물을 지을 작정이었다.

드래곤의 관심을 끌고, 웬만한 마법이나 물리적인 타격에도 견디는 건축물.

케이베른이 몇 번이나 손을 쓰게 만들어서 그사이 다른 건물들을 더 파괴하지 못하도록 적당히 시간을 버는 용도다.

미블로스가 모라타의 주요 지점들을 선으로 그어서 표시했다.

"이곳이 최종 방어선입니다. 어떻게든 지키기 위해 노력합시다. 전투가 끝나고 난 이후에도 모라타의 빠른 재건을 위해서는 적어도 이곳이 삼분의 일은 남아 있어야 합니다."

"동의합니다."

"대도서관 부근에는 드래곤의 관심을 끌지 않기 위해 성벽을 세우는 외엔 아무것도 하지 맙시다. 다른 곳들이 우선 목표가 되어야 하니 말입니다."

"그렇게 하죠. 그리고 모라타의 정확한 지도와, 건물들의 모습을 남겨 놓아야 합니다. 최악의 상황을 대비하기 위해서요."

건축가들 사이에 숙연한 분위기가 흘렀다.

케이베른이 전투에서 승리하고 모라타가 폐허가 되는 상황까지 염두에 두어야 했다.

미블로스가 말했다.

"우리가 할 수 있는 건 사실 많지 않습니다. 도시의 피해를 조금이라도 줄이고, 드래곤과의 전투에 참여하는 유저들을 편하게 해 줄 수 있는 정도죠. 그리고, 설혹 이 모든 노력이 실패로 돌아가더라도 포기하지 맙시다."

🜂

위드는 마판으로부터 대지의그림자 파티의 소식을 들었다.

-고생 좀 하겠군요.

-라투아스의 퀘스트라니, 상당히 힘들 겁니다. 물론 워낙 뛰어난 모험가분들이니 시간이 걸려도 도전해 볼 만하겠지만요.

-마판 님도 틈틈이 도와주세요.

-옛! 상단에서 적극적으로 지원하도록 하겠습니다.

-그리고 만약 모라타 방어전이 실패로 돌아갈 때를 대비해서 비약의 재료도 구해야 될 겁니다.

-그런 일이 벌어져선 안 되겠지만… 최악은 대비해야 하겠죠.

위드는 세계수와 관련된 보고도 받았는데, 엘프들에게 일제히 퀘스트가 발생했다는 내용이었다.

새로운 직업을 얻고, 퀘스트를 진행하고 재료를 구해서 세계수를 키우는 일.

세계수의 성장이 단계를 거듭할수록 엘프들은 더 강한 힘을 갖게 된다.

엘프 종족 전체에 세계수의 성장이라는 목표가 생성된 것이다.

'엘프들도 개고생을 하게 되겠군.'

로열 로드의 퀘스트 난이도에 대해서 위드는 몸으로 느끼고 있었다.

엘프는 아름다운 외모와 특유의 장점들에도 불구하고 유저들의 폭발적인 관심과는 다소 거리가 있는 종족이었다.

일단 생명력과 체력이 평균보다 낮았다.

사냥꾼으로서 인간과 비교할 수 없는 활 솜씨를 가졌지만, 과도한 살생을 하면 현기증을 느끼거나 하는 등의 페널티도 있었다.

물론 숲을 지킬 때에는 그런 페널티가 적용되지 않았지만.

'세계수가 단계를 거듭하며 성장하고 엘프들이 강해진다는 건… 음, 그만큼 커다란 위험이 찾아오겠지.'

세상에 공짜로 얻는 건 없다.

세계수가 1단계씩 성장할 때마다 막대한 자원을 필요로 할 테고, 그것들이 또 다른 위기를 불러오게 되리라.

'케이베른이 세계수를 태워 버렸듯이, 다른 몬스터나 악마의 목표가 되겠지. 뭐, 그래도 당장은 엘프들이 좋아하겠지만.'

세계수를 키운다는 목적에는 보상이 확실했다.

엘프는 어차피 식물을 좋아하는 유저들이 선택하는 종족

이라서 나름의 보람도 느낄 수 있으리라.

"강철 벽이 너무 부실해! 이거 어느 건축 조합에서 만든 거야!"

"이쪽 건물들? 그냥 다 포기하라고, 멍청아! 일일이 다 지킨다는 건 무리야. 그리고 넌 왜 판자촌을 지키려고 하고 있냐!"

"철재 가져왔습니다. 필요하신 분들은 받아 가세요!"

"풀죽요, 풀죽! 꽃게 풀죽입니다!"

모라타에는 유저들이 계속 유입되고 있었다.

대공사가 벌어지고 있었지만, 일부 초보 유저들은 도시 안에 남기로 했다.

베르사 대륙의 역사에 남을 케이베른과의 전투를 최대한 가까이에서 보기 위함이었다.

위드는 위험하다고 생각은 했지만 말리진 않았다.

'만약 패배한다고 해도 우리가 어떻게 싸웠는지를 봐 줘야지.'

구경꾼이 없으면 심심한 법!

지더라도 무력하게 질 생각은 없었다.

풀죽신교와 헤르메스 길드의 주요 수뇌부와 함께 매일 밤마다 케이베른 상대법을 연구했다.

처음에는 서먹한 관계이긴 했지만 이내 드래곤과 싸운다는 목표 때문에 집중할 수 있었다.

위드는 아크힘과 각 군단장들을 이끌고 모라타를 돌아다

녔다.

"아시다시피 전투에 변수는 많습니다. 모라타는 대도시이고 드래곤이 어느 쪽에서 날아오느냐에 따라서 싸우는 위치와 방식까지 달라져야 합니다."

케이베른을 도시로 끌어들이는 거야 가능하다 해도 반드시 정해진 장소에서 싸운다는 건 기적에 가깝다. 그렇기에 미끼들이 필요했고, 전술적으로도 복잡할 수밖에 없었다.

"기회는 한 번, 잘해 봐야 두 번 정도입니다. 지상에서 전투가 벌어지면 다신 날아오르지 못하도록 해야 할 것입니다."

"명심하겠습니다."

군단장들은 모라타의 모습을 확실히 눈에 새겼다.

그들이 매복해야 할 장소도, 상황에 따라 옮겨야 할 위치도.

가르나프 평원에서의 전투는 정말 갑자기 벌어진 것이기에 대책 없이 싸웠다.

'이번엔 다르겠지.'

'헤르메스 길드 그리고 위드라… 희생의 화로를 쓰는 유저들도 있으니 이만하면 해볼 만하지 않은가?'

군단장들은 패배를 원하지 않았고, 명예를 회복하길 바랐다.

위드와는 깊은 앙금이 있음에도 불구하고 모라타에서 협력하며 군단장들도 생각이 많이 바뀌었다.

'대놓고 적대할 필요는 없다. 상황에 따라 다시 적이 된다

고 하더라도.'

'헤르메스 길드가 그랬듯이 아르펜 제국이라고 영원할까. 이쪽도 기반이 부실한 건 마찬가지일 텐데. 넉넉한 마음으로 기다리는 편이 낫겠지?'

'드래곤 전투에서 혁혁한 전공을 세우면 모두가 알아줄 것이다. 그것이 중요해.'

군단장들은 모라타를 돌아다니며 위드의 인기를 절실하게 느꼈다.

그러나 로열 로드에서는 어떤 일이든 벌어질 수 있다는 건 본인들이 가장 잘 겪어 봤다. 절대적인 힘을 가졌던 헤르메스 길드도 무너지게 되었으니까.

언젠가 아르펜 제국이 무너지며 다시 난세가 찾아온다면, 드래곤과의 전투에서 대활약을 한 건 큰 도움이 되리라.

한번 불붙은 야망은 쉽게 꺼지지 않는다.

위드는 그런 군단장들을 보며 싱긋 웃었다.

'속에 욕심들이 가득 차 있네. 그래서인지 말을 더 잘 들어.'

훗날을 기약하며 지금은 열심히 이용해 먹기로 했다.

바드레이는 철혈의 워리어 직업을 얻기 위해 매서운 찬 바람과 맞섰다.

빙하를 건너고, 몬스터들의 공격을 몸으로 견뎠다.

철혈의 워리어의 특징은 극한의 환경에서 강한 적과 싸울수록 튼튼해진다는 점이다.

'그만두고 싶다.'

바드레이는 수없이 포기하고 싶었지만 묵묵히 걸었다.

위드가 사막을 걸어 태양의 전사가 되던 광경들을 떠올렸다.

자신의 경쟁자도 해낸 일.

육체는 수백 마리의 쥐 떼가 갉아 먹는 것처럼 고통스러웠지만, 자존심은 사라지지 않고 남아 있었다.

유저들에게 추앙을 받으며 무신으로서 살아온 기나긴 시간을 떠올렸다.

'해낸다. 죽어도, 해내고 죽어야 된다.'

철혈의 워리어가 되기 위해 걷는 길.

한계에 도달했다고 생각했지만, 한 줌의 힘이 몸에 남아 있어 걸음을 옮기게 했다.

커다란 눈송이들이 하늘에서 내릴 때에는 정말 절망스러웠다.

'미치겠군. 이건…….'

바드레이는 고개를 푹 숙인 채 걸었다.

머리와 어깨에 쌓인 두꺼운 눈을 털지도 못하고 걸었다.

처음에는 발목까지 오던 눈이 점점 차올라서 허리를 넘었을 때, 또다시 절망이 찾아왔다.

'미친 짓이구나. 사막은 이보다 쉬웠을까?'

살을 통째로 베어 내는 칼날 같은 바람이 추위를 안고 뼛속까지 파고들었다.

뜨거운 사막을 걷는 위드의 퀘스트가 이보다는 더 쉬웠을 거라는 생각이 들었다.

'그래도 걷는다. 한 걸음, 또 한 걸음. 죽는 한이 있더라도 여기서 쓰러질 수는 없다.'

방송국에서 생중계를 하는 것이 차라리 다행스럽다는 생각도 들었다.

그게 아니었다면 진작 포기해 버렸을 테니.

강한 적과 싸우는 게 아니라, 한계까지 느끼고 초월하게 하는 퀘스트는 바드레이에게도 처음이었다.

-인내가 1 증가했습니다.

철혈의 워리어로 전직하는 길이라서 잊을 만하면 가끔씩 스텟이 상승한다는 창이 떴다.

'조금만 더… 오늘까지만.'

바드레이는 다리를 질질 끌면서까지 움직였다.

방송국에서도 진행자들이 열을 올렸다.

"역시 바드레이입니다. 이렇게 지독한 환경에서 웬만한 유저들은 더 이상 걷지 못했을 것인데요."

"다 얼어붙어 있어요. 먹을 수 있는 것이라고는 눈밖에 없습니다."

"제대로 걷지도 못하네요. 무신 바드레이, 우린 언제나 멋진 모습들만 봤지만 가슴속에는 이런 의지가 있었습니다."

바드레이의 새로운 모습이라며 시청자들의 반응도 좋았다.

헤르메스 길드의 정점에서 군림하던 바드레이의 인간적인 의지를 엿볼 수 있었기 때문이다.

-굉장하네. 난 저렇게까지는 못할 거 같다.

-푸홀 워터파크에서 따뜻한 물에 몸 담그고 시청하고 있습니다. 왠지 몬스터라도 1마리 때려잡아야 될 것 같네요.

-크… 역시 로열 로드 최상위권에 있는 사람들이란 보통 각오로는 안 되네.

-어제만 해도 잘 걸었는데, 지금은 발을 질질 끄네요. 부상이라도 있는 거 아님?

-완전히 지친 듯. 갑옷도 다 얼어붙어 있고.

-저 앞에 풍경 보세요! 얼음 호수 나타났음. 그다음에는 얼음산!

시청자들은 바드레이의 지극한 노력을 보며 감동받기도 했다.

방송국들은 크게 기대도 하지 않고 했던 생중계가 의외의 대박을 쳤다.

모라타의 전쟁 준비와 바드레이의 모험이 시청률을 양분하는 상황!

아침, 점심, 저녁, 늦은 밤과 새벽까지.

바드레이는 멈추지 않고 걸었다.

한 걸음이라도 쉬어 간다면 다시는 움직이지 못하게 될 것 같았기 때문이다.

'위드, 위드, 위드, 위드……'

만약 위드가 없었다면 진작에 그만두고 말았으리라.

그리고 기적처럼 닷새째 되는 날.

먼바다에서 거대한 빙하들이 떠다니고 있었다.

의식조차 멍해진 채로 걷던 바드레이는 무언가에 부딪혔다.

툭.

지쳐서 아무 생각도 없이 계속 걸어가려던 순간이었다.

띠링!

-빙하의 검이 꽂혀 있는 장소에 도착했습니다.

전설적인 발견!
빙하의 검이 바다에 가라앉기 전에 찾아냈습니다.
오래전부터 꽂혀 있던 이 검은 1,000년에 가까운 시간 동안 얼음의 기운을 받아들였습니다.
이 검은 오직 1명의 주인만을 인정합니다.

-모험 발견으로 인해 명성이 8,500 증가합니다.

바드레이는 빙하의 검을 손에 쥐었다. 팔과 어깨, 몸통이 그대로 얼어붙었다.

쩌저저적!

머릿속이 새하얗게 변할 정도로 극심한 고통.

—나를 놓아라.

빙하의 검에서 소리가 전달되었다.

바드레이는 고통 속에서도 판단을 내릴 수 있었다.

'손을 놔 버려선 안 된다.'

한 걸음, 또 한 걸음이 모여서 마침내 도착한 장소.

손을 놓는 순간 그토록 힘들게 여기까지 걸어온 의미가 없어지리라.

의식은 이미 가물가물해져 가고 있었지만, 그럼에도 포기할 마음은 조금도 생기지 않았다.

위드에게 패배한 순간 사라져 버린 모든 영광.

스스로에 대한 자부심을 되찾기 위해서라면 이보다 더한 고통도 견뎌 낼 수 있었다.

짧지만 긴 시간이 흘렀다.

방송 화면으로는 1분 정도가 지났을 따름이지만, 바드레이는 수많은 갈등을 했다.

얼음으로 온몸이 뒤덮이고, 결국 얼어 죽을 거라는 생각까지 들었다.

헤르메스 길드에서 사냥해서 장비를 얻을 때와는 느낌부터 달랐다.

'이 검은, 영광은 다시 나의 것이다.'

베르사 대륙에서 최강이 되기 위해서라면 그 어떤 희생도 아깝지 않았다.

마침내…….

-검이 새로운 주인을 선택했습니다.
체력이 회복되었습니다.
과로, 몸살, 결빙이 해제되었습니다.

피로가 사라졌다.

몸에 두껍게 달라붙어 있던 얼음이 녹아내리면서 단단한 근육질로 바뀌었다.

-철혈의 워리어가 되었습니다.
극한의 환경에서도 살아남으며, 무너지지 않는 정신을 소유한 그대는 철혈의 워리어로의 전직을 마쳤습니다.
견고한 육체는 두려움을 느끼지 못합니다.
아군을 지키고 전투를 승리로 이끄십시오.
모든 전투를 압도해야 합니다.

―신체적인 능력이 20% 강화됩니다.
현재의 힘 스탯에 따라 추가적으로 맷집이 크게 향상됩니다.
상대하는 적이 강할수록 그에 비례하여 추가적으로 강해집니다.
상태 이상을 빠르게 극복합니다.
회복 속도가 증가합니다.
정신력으로 마법 저항을 높일 수 있습니다.
아군의 전투 효과를 일정하게 상승시킵니다.

바드레이는 옅은 한숨을 내쉬었다. 이제야 모험이 완전히
성공했다는 것을 느낄 수 있었다.

케이베른의 모라타 공격 이틀 전!
바드레이는 텔레포트 게이트를 통해 모라타의 북쪽 성문
에 도착했다.
"믿을 수 없게 바뀌었군."
아크힘으로부터 소식을 듣긴 했지만 방송을 볼 시간이 모
자랐다.
그가 철혈의 워리어가 되기 위해 성문을 나설 때와는 모든
풍경이 달라져 있었다.
성벽은 이중, 삼중으로 강화되었고, 주택들은 일부는 허물
어지고 남은 건물들은 단단하게 강철과 돌로 덧대어져 있다.
멀리 여신상이나 빛의 탑과 비슷하게 생긴 수많은 구조물

들이 보였다.

"바드레이다!"

"어, 진짜 바드레이 왔다!"

바드레이를 보며 유저들이 환호했다.

그들도 그가 도착할 날만을 기다리고 있었다.

케이베른과의 전투에 바드레이가 빠진다면 상당히 허전했을 테니까.

위드에게 한 번 패배하긴 했지만, 무신이라는 명예는 다 사라지지 않았다.

일부 유저들은 여전히 객관적으로는 위드보다 바드레이가 더 강할 것으로 추측하기도 했다.

"어서 오십시오. 모라타가 어떻게 변했는지 보여 드리겠습니다."

바드레이는 아크힘의 안내를 받으며 모라타를 돌아다녔다.

"정말 많이 바뀌었군요. 잠깐 보긴 했었지만, 그때와는 전혀 다른 요새가 되었습니다."

"북부 유저들의 결속력과 더불어 무언가를 빠르게 짓는 능력은 정말로 인정해야 될 것 같습니다."

전투를 위한 은신처, 방어벽을 쌓는 건 하루도 안 걸린다.

아침을 먹고 나서, 점심쯤에 가 보면 완공!

재료 운반이나 설계, 시공이 다 제각각 이루어지는 것 같지만 결과물은 어떻게든 제대로 나왔다.

대충대충 하면서도 빠르게 만들어 내는 능력이 있었다.

"우리가 싸우게 될 예상 지역은 어디지요?"

"드래곤의 레어가 남쪽에 있으니 남쪽에서 날아오는 걸 염두에 두고 있습니다. 하지만 기왕이면 빙룡 광장이나 와이번 광장에서 전투를 치르려고 합니다. 미끼도 만들어 두었죠."

"미끼요?"

"드래곤은 눈에 띄고 가치가 높은 것을 우선적으로 파괴합니다. 그래서 여러 미끼를 제작해 두었습니다."

"가서 보도록 하죠."

바드레이는 빙룡 광장을 살펴보고는 납득할 수 있었다.

수백 미터에 달하는 흉악한 케이베른의 조각상!

아직 완성 전이었지만, 실물처럼 정교하면서도 어딘가 좀 더 못생겼다.

더군다나 드래곤들이 생명체로 취급도 하지 않는 고블린에게 엉덩이를 두들겨 맞고 있는 모습이었다.

"이건… 확실히 드래곤의 화를 북돋울 수 있겠군요. 먼 거리에서 마법이나 브레스로 날려 버리면 어떻게 하죠?"

"그게 문제이긴 합니다만… 마판 상단과 북부의 상단들이 연합해서 도와주기로 했습니다."

"어떤 방식으로요?"

"광장에 황금을 잔뜩 쌓아 놓는다고 하더군요."

아무리 화가 나도, 보물을 보면 절대 부수지 못하리라.

빛의 탑이나 예술 회관, 여신상 부근에도 일부러 황금을 붙여 최대한 드래곤의 공격을 회피하려는 꼼수가 진행될 예정이었다.

"아마도 자신을 조롱하는 조각상은 직접 부술 겁니다. 뜻대로만 된다면 빙룡 광장이나 와이번 광장에서 우린 기회를 잡는 겁니다."

"광장에서 모두가 덤벼드는 것이군요."

"예. 다행히 협상을 통해, 우리 길드의 전투 지휘권을 넘겨주는 건 막았습니다."

아크힘은 전투가 벌어지면 자신들이 먼저 독자적으로 싸우도록 해 달라고 요청했다.

위드도 그 점에 대해서는 선뜻 동의했다.

헤르메스 길드원들을 지휘하면 그 모습이 멋있긴 하겠지만, 효율적으로 다스리기가 어렵다.

북부 유저들이 인해전술을 벌일 때와는 다르게, 제대로 싸울 줄 아는 최정예 유저들.

헤르메스 길드에서 가능하면 자체적으로 드래곤을 사냥하는 것이 유리하다고 봤다.

"좋습니다. 하지만 드래곤이 위기에 빠지면 날아오를 텐데요?"

"하늘로 날지 못하게 하는 것이 핵심입니다만, 최악에는 뮬의 그리폰 군단의 공중전까지 염두에 두고는 있습니다. 어떻게든 이틀 후에는 끝내야 하니까요."

　모라타에서의 준비를 직접 눈으로 보니, 바드레이는 드래곤과 싸울 날이 벌써부터 기다려졌다.

　아르펜 제국의 대영주들은 전투 하루 전에 모라타에 도착했다.

　헤르메스 길드가 핵심 전력을 투입하고 바드레이까지 온 이상, 그들도 병력을 잔뜩 데리고 왔다.

　"최선을 다하겠습니다."

　"흑사자 길드는 아르펜 제국을 위해 항상 노력한다는 점을 잊지 말아 주셨으면 합니다."

　"이번 전투에 모든 걸 걸겠습니다."

　"저희 사자성은 주력이 전부 출정했습니다. 성을 남김없이 비웠는데… 케이베른을 소탕하는 일이 무엇보다 중요하기 때문입니다."

　대영주들은 여론을 신경 쓰며 경쟁적으로 위드에게 충성을 맹세했다.

　"강철 화살이 좀 모자랍니다."

　"예, 전투 규모가 크니 당연히 그렇겠… 아! 저희가 채워 놓도록 하겠습니다. 다행히 창고에 재고가 있을 겁니다."

"음식 지원도 필요한데요. 모라타에 있는 유저들이 배불리 먹어야 되지 않겠습니까?"

"그, 그렇죠?"

"멀리서 음식까지 가져오긴 힘드실 테니 돈이라도 내시면 좋을 텐데요."

"클라우드 길드에서 책임지겠습니다."

대영주들은 이래서 모라타에 오기가 싫었다.

위드를 만나면 밑천을 탈탈 털릴 것 같은 느낌!

그들은 모라타를 돌아다니면서 헤르메스 길드의 엄청난 전력이 투입되는 것에 또 한 번 놀랐다.

방송국에서 중계도 하고 있었다.

"파괴자 트리스탄입니다. 지난 가르나프 평원의 전투에서는 주목을 받지 못했지만… 사실 1군단에 속해서 최소 1,000명의 유저들을 죽인 것으로 알려져 있죠."

"석궁 전사 울타르! 위드와의 일대일에 패배하긴 했지만 그를 무시할 수 있는 이는 아무도 없을 겁니다."

"네, 정말 대단하죠. 늑대 기사단도 다시 정비한 모양이네요."

"마법사 프렉커도 보입니다. 마법사 캐들러와 함께 비행 마법으로 하늘을 날며 모라타를 둘러보고 있습니다."

로열 로드의 최상위 랭커들이 속속 도착하고, 3만의 마법 병단이 모라타의 주요 위치에 자리를 잡았다.

공성 무기, 마법 함정을 설치하는 규모도 상상 이상이었다.

아르펜 제국에서 모라타를 요새화시켰지만, 헤르메스 길드도 두 팔을 걷고 나서면서 진정한 드래곤 사냥의 준비를 갖춰 가는 모습이었다.

아르펜 제국의 대영주들은 그 광경을 보며 헤르메스 길드의 저력에 놀라고, 위기감도 느꼈다.

샤우드가 말했다.

"왜 이렇게까지 하는지는 모르겠지만… 만약 이대로 케이베른을 이긴다면 헤르메스 길드에 대한 안 좋은 여론은 많이 사라질 겁니다."

"하지만 위기가 사라지면 아르펜 제국이 강해질 텐데요? 퇴보하던 헤르메스 길드가 10미터를 나아갈 때, 아르펜 제국은 200미터쯤은 달릴 겁니다."

칼리스는 반박했지만 다른 대영주들의 생각은 달랐다.

로암이 신중하게 설명했다.

"어려움을 겪던 헤르메스 길드의 입장에서 봐야죠. 드래곤과의 전투를 주도하면 위드를 도운 핵심 세력으로 부각됩니다. 그리고 최강의 단일 세력으로서의 명성을 지킬 수 있습니다. 우리에게는 매우 강력한 경쟁자가 되는 것이지요."

"우리의 경쟁자라고요?"

"헤르메스 길드는 당분간 위드나 아르펜 제국에 적대하는 것을 포기한 것으로 보이니까요."

대륙을 장악했던 헤르메스 길드의 몰락.

라페이의 우려를 전해 들은 수뇌부에서는 자신들의 이익을 유지하기 위해 아르펜 제국과 협력하기로 했지만, 그래도 한편으론 헤르메스 길드의 미래를 준비했다.

과거 하벤 제국군을 이끌고 북부 대륙을 침략했던 드라카가 발언권을 얻어서 말했다.

"지금은 모든 이권과 영광을 위드에게 몰아줍시다. 적이었지만 위드는 불가능이라 불리던 퀘스트들을 성공시켰고 다양한 업적을 세웠습니다. 사람들에게 그 영향력이 고스란히 남아 있는 현재로써는 그를 끌어내리지 못합니다."

"위드의 눈치만 보며 살자는 얘깁니까?"

"아르펜 제국이 더 높은 곳으로 올라가야 무너질 기회도 생길 겁니다. 대세를 거스르지 말고, 당장은 우리가 뭘 하려고 하지 맙시다. 위드가 스스로 추락할 때까지, 아르펜 제국이 스스로 분열되어 기회가 생길 때까지 적극적으로 도웁시다."

그렇게 고개를 숙이면서 적극적으로 협력하자는 전략이 헤르메스 길드의 방침이 되었다.

수치스럽기는 하지만, 역사를 보면 때때로 그것이 가장 효과적일 수도 있다.

헤르메스 길드의 태도가 바뀌니 대영주들에게는 가장 강력한 경쟁자가 생겨 버린 셈이었다.

칼리스가 탁자를 손으로 내려쳤다.

"이건 좋지 않군요. 헤르메스 길드가 살아나는 건 오래된 적으로서도 안 좋은 일이고, 세력 확대를 해야 하는 우리 입장으로서도 곤란합니다."

아르펜 제국 내에서 최강의 길드 세력은 자신들이었다.

그들끼리 경쟁하며 나눠 먹으려고 했는데 헤르메스 길드가 강하게 비집고 들어온 상황이 되어 버린 것이다.

케이베른의 공격까지 11시간이 남은 시점.

모라타는 수많은 유저들의 참여 끝에 철저히 요새화되었고, 헤르메스 길드나 타격대의 유저들도 곳곳에 포진했다.

위드는 흑색 거성의 탑에서 마지막이 될지도 모를 모라타의 모습을 눈에 새겼다.

"도시락 있어요."

"고구마 받아 가세요."

유저들이 음식을 나눠 주는 광경도 보였다.

"이젠 물러설 수가 없지."

헤르메스 길드도, 타격대도.

드래곤을 상대로 할 수 있는 건 급한 대로 뭐든 다 해 놓았다. 그러나 결과는 싸움이 벌어지고 난 이후에나 알 수 있으리라.

"이걸로 베르사 대륙의 강한 유저들은 전부 다 모인 셈이군."

위드는 후회 없는 승부가 되리라고 생각했다.

헤르메스 길드까지 참여했는데 패배한다면 그건 정말 어쩔 수 없는 일.

"평화의 끝인가, 아니면 새로운 시작인가."

역사적이 될 마지막 날이지만 솔직히 별생각 없었다.

고생도 어쩌다 가끔 해야 힘든 법.

"준비 끝났어?"

위드의 곁에는 서윤이 있었다.

그녀도 모라타에서 꽤 오랜 시간을 보냈다.

이번에 방어전을 준비하기도 했지만, 위드가 모험을 한다면서 대륙을 돌아다닐 때에도 모라타의 발전에 신경 썼던 그녀다.

대도시라서 크게 눈에 띄진 않았어도 모라타에 직접 꽃도 심고 나무도 가꾸었다.

"네."

"이제 데이트하러 가자."

위드는 드래곤이 오기 전날 밤은 서윤과 데이트하기로 계획을 세워 놓았다.

단 몇 시간을 초조하게 보낸다고 해서 케이베른을 막을 수 있는 건 아니다.

모라타의 마지막 밤이 될지도 모를 이 순간을 즐겁게 보내기 위한 최고의 방법!

그것은 서윤과 노는 것이었다.

모라타의 으슥한 뒷골목.

가장 값싸고 허름한 동네에 맥주만 파는 선술집이 있었다.

"아직도 결정을 내리지 못하셨습니까?"

"난 모르겠군."

"우리까지 나서야 할 필요가 있을지 의문이 드네."

볼크의 말에 사내들은 고개를 저었다.

로열 로드로 돈을 버는 다크 게이머들!

이번 케이베른 사냥은 일주일 전부터 그들 사이에서도 대단한 화제였다.

ㅡ위드가 모라타에서 케이베른 사냥에 나선다고 합니다.

ㅡ그거 모르는 사람 없음.

ㅡ다크 게이머라면 정보가 빨라야지.

ㅡ될까요, 안될까요?

ㅡ안된다는 데 걸고 싶은데… 이거 참. 위드라서 어쩌면 가능할 것도 같고.

-솔직히 우린 잘 모르지 않나요? 사냥은 많이 하지만 그런 보스 몬스터들은 효율이 떨어져서 잘 안 잡으니까요.

-위드도 로열 로드로 돈을 번 우리 동료라고 할 수 있는데, 성공하면 좋겠네요.

-편의점 알바가 그룹 회장 걱정하는 격. 덜덜.

다크 게이머 연합에는 쉬지 않고 글이 올라왔다.

모라타가 과연 전장으로서 적절한지부터 논쟁이 붙었다.

-넓은 도시입니다. 드래곤은 어디로라도 날아갈 수 있고, 유저들은 건물들 때문에 불편할 겁니다.

-드래곤의 마법 공격을 감당하기에는 까다로운 장소죠. 도대체 화염 공격은 어쩔 생각인지.

-저도 한 표. 차라리 레어로 공격대를 운용하는 편이 나았다고 봄.

-아무리 혼자 다니는 다크 게이머라지만 상식이 없네요. 레어에는 마법 함정이 즐비할 겁니다. 더구나 득실거리는 몬스터들은요? 울타 산맥이 몬스터로 뒤덮였어요.

-레어는 진심으로 가능성 없음. 반면에 모라타에서는 마음 놓고 준비도 할 수 있고, 유저들의 지원도 있음.

-초보들이 지원이 되나요, 어디……. 드래곤 피어에 다 죽지.

모라타를 전투 장소로 선택한 판단은, 과연 최선인지는 알 수 없지만 어쨌든 나쁘지는 않다는 반응이 주를 이루었다.

　다음 도시나 그다음 도시에서 방어전을 치르더라도 현실적으로 특별한 대응책을 만들기는 어려울 수 있었기 때문.

　-분석 글. 케이베른의 몸값은? 시세로 얼마까지 나올까 계산해 봤습니다.

　-위기에 빠진 대륙. 최악의 상황에도 우리가 살길은?

　-돈이 최고다. 요즘 가장 효율적인 사냥터는?

　정성이 담긴 분석이나 정보도 많았다.

　그 와중에도 최상층의 다크 게이머들이 접속할 수 있는 등급 'A' 게시판.

　-케이베른 사냥. 이대로 그냥 지켜볼 것인가?

　-몬스터들이 늘어나면서 전반적으로 장비들의 시세가 하락하고 있습니다.

　-도시들의 파괴. 이건 두고 볼 수만은 없는 문제인데. 도시 건설이 하루아침에 이루어지는 게 아님.

　-로열 로드는 우리의 직장이다. 내 새끼 분유값 벌어야 돼.

　-만약 우리도 케이베른 사냥에 나선다면 어떨까요?

　최근에는 다크 게이머들의 숫자만 100만이 훨씬 넘었다.

무서운 것은 그들 대부분이 고레벨로 이루어졌다는 점!

헤르메스 길드와 정면으로 붙는다고 해도 화끈하게 한판 싸워 볼 수 있으리라.

물론 다크 게이머들이 뭉치는 것 자체가 불가능했지만.

-케이베른 사냥이라니, 다크 게이머들의 기본 법칙을 잊으셨습니까?

-1번, 아무도 믿지 마라. 2번, 받은 만큼은 베풀어라. 3번, 믿을 건 돈밖에 없다.

-그 법칙들이 지금까지 우리를 지켜 왔습니다. 우리가 전면에 나서는 건 다른 유저들이 좋아하지 않습니다.

-위드는 믿을 만하지 않습니까? 우리에게 베푼 것도 있고.

-정확히 말하죠. 아르펜 제국이 활동하기 편하고 좋은 건 사실입니다만, 우리도 사냥하고 퀘스트를 완료하며 도움을 줍니다.

-저 역시 받은 만큼은 베풀고 있다고 생각합니다. 심지어 헤르메스 길드와의 전투에도 참여하지 않았습니까?

-그건 참여했다기보다는… 이기고 있으니 아르펜 제국에 섞여서 헤르메스 길드원들을 사냥한 거죠.

케이베른 사냥 참여 여부에 대해, 당연히 다크 게이머들의 입장은 완전히 둘로 갈라졌다. 하지만 위드와 함께 싸우자는 의견보다는 그저 상황을 지켜보자는 의견이 압도적이었다.

드래곤이라는 위험한 존재와 맞서 싸우기에는, 당장의 먹고사는 문제가 걸려 있었다.

"케이베른만 치우면 돼요, 케이베른. 아르펜 제국이 조만간 대륙도 통일할 텐데… 사냥과 여행의 붐이 불 수도 있어요."

"글쎄, 우린 잘 모르겠네."

볼크는 선술집에서 아르펜 제국에 힘이 되어 주자고 다크 게이머들을 설득했지만 계속 실패했다.

"이보게, 볼크."

"예, 말씀하세요."

"대륙 전역에 흩어진 이들이 많아. 그들은 모라타에 오지도 않았어."

"몇 명이나 와 있는지도 모르죠."

"그래. 그렇게 정처 없이 떠도는 게 바로 우리지. 도시보다는 사냥터가 어울리고."

다크 게이머들은 넓은 의미에서 같은 일을 하는 사람들일 뿐, 누구에게도 오고 가는 것을 알리지 않았다.

"모라타에 그들이 왔다고 해도 몇만이야. 우리 중에서 대륙의 평화를 위해 희생의 화로까지 써 줄 사람은 없어."

"저도 압니다."

"그럼 얼마나 도움이 되겠나? 헤르메스 길드도 있는데 말이야. 그리고 싸운다고 해도… 위드가 자리를 내줄지도 의문이지. 위드와 헤르메스 길드가 다 알아서 할 거네. 우린 구경이나 하는 게 맞아. 하이에나가 될 수도 있겠지만."

모라타에 온 다크 게이머들 역시 목적이 있었다.

강대한 케이베른이 힘을 잃고 쓰러지려는 그 순간을 노리고 덤벼들 작정이었다.

"하아, 케이베른 사냥에 적극 동참하면 좋을 텐데."

"아무리 설득해도 안 될 거네. 그냥 포기하고, 지켜보기나 하자고."

최후의 날

헤겔, 벨라, 르미, 셀시아.

가상현실학과를 다니는 그들은 신입생들을 잔뜩 데리고 모라타에 왔다.

"모두 잘 알고 있겠지만, 이곳이 아르펜 제국의 발상지야."

헤겔이 턱을 치켜들며 설명했다.

"흑색 거성에서부터 반경 2~3킬로미터 정도? 역사적인 구역이지. 여긴 폐허 시절부터 있던 장소라고. 지금처럼 대도시가 되기 전에 말이야."

가상현실학과의 신입생 80명은 눈을 초롱초롱 빛내며 설명을 듣고 있었다.

로열 로드를 모라타에서 시작한 신입생들도 많아서 도시

에 대해서는 잘 알지만, 그들이 바라는 목적은 따로 있었다.

찰랑거리는 긴 머리카락을 등까지 기른 파엘라가 손을 들었다.

"거기, 말해 봐."

"헤겔 선배님, 그럼 오늘 위드 선배님도 볼 수 있는 건가요?"

"어… 그건 말이지."

헤겔은 선뜻 대답하지 못하고 당황했다.

위드와 친분이 있는 것은 사실이었고 수업도 같이 들었지만, 지금은 연락하기가 쉽지 않았으니까.

'솔직히 전화는 맨날 걸고 문자도 남기는데 안 받는 걸 어떻게 해.'

위드의 주가가 치솟아서 방송국에서도 함부로 연락을 못했다.

용건이 있더라도 PD급에서는 감히 전화도 하지 못하고 이사급으로 넘기는 수준이었으니, 연락이 잘되기가 힘들었다.

사실은 헤겔이 너무 수시로 전화하고 문자를 보내서 이미 차단된 상태였지만.

"으이그, 그럴 줄 알았다."

"우리도 오빠를 본 게 언젠데 신입생들까지 데려와서는. 내일이 전쟁인데 오빠한테 시간 내 달라고 할 수 있겠어? 그냥 모라타나 구경하자."

벨라와 르미가 바로 구박을 하며 그렇게 넘어가려던 순간이었다.

파엘라가 다시 손을 들고 말했다.

"그럼… 나이드 선배님은 볼 수 있나요?"

"나이드?"

헤겔은 자신의 친구 이름이 들려오자 제법 놀랐다.

"그 자식은 왜?"

"요즘 학과 최고의 인기인이잖아요!"

"그놈이?"

"네. 나이드 선배님 보고 싶어요!"

나이드는 위드와 함께 케이베른의 레어를 털면서 일약 도둑 영웅으로 떠올랐다.

신입생들에게 위드는 대단하고 전설적인 존재였고, 그의 동료 역시 마찬가지였다.

"농담이 아니라 진짜 나이드를 보고 싶다고?"

"네, 선배님!"

"너희도 다 그래?"

"그럼요! 꼭 만나고 싶어요."

"보고 싶어요!"

신입생들은 이구동성으로 외쳐 댔다.

헤겔은 한숨을 푹 쉬고 나서 나이드에게 귓속말을 보냈다.

—어디냐.

─응? 내일이 케이베른과 싸우는 날이라서 모라타에 있어.

─여기 와라.

─어딘데? 너도 모라타야?

─흑색 거성 앞. 나 번쩍이는 날개 갑옷 입어서 금방 눈에 띌 거다.

─금방 나갈게.

헤겔은 대화를 나누고 나서도 어딘가 답답함에 한숨을 푹 쉬었다.

무언가 자신이 가져야 할 당연한 권리를 다 빼앗긴 느낌이랄까.

잠시 후에, 흑색 거성의 입구에서 나이드가 걸어 나왔다.

"헤겔아!"

"꺅!"

"진짜 나이드 선배님이다!"

신입생들은 멀리서부터 나이드를 보고 좋아했다.

나이드가 착용하고 있는 망토는 신입생들만이 아니라 헤겔도 깜짝 놀라게 만들었다.

저절로 펄럭이는 신비로운 소재에는 묘하게 시선을 뺏는 검은색 광택이 흐른다.

헤겔은 왠지 물어서는 안 될 것만 같은 예감을 느끼면서도 궁금증을 해결하고 싶었다.

원래 나이드는 자신보다 레벨도 높았고 도둑이라서 좋은

장비들을 많이 가졌지만, 이번에 처음 보는 건 어떤 건지 궁금했던 것이다.

"그 망토 뭐야? 나도 요즘 돈 좀 모아 놨는데 얼마면 살 수 있어?"

"가격? 판매하는 물건이 아니야."

"그럼 어디서 구하는데?"

"위드 형 드래곤 레어 빈집 털이 도와주면서 받은 물건이거든."

"허엇!"

"처음에는 무난해서 선택했는데, 이게 은근히 사람들의 시선을 끌더라. 그래도 이동속도 상승이랑 비행 기능이 있어서 좋아. 방어력, 마법 저항력도 높고."

"설마 이거 재질이……?"

"응. 블랙 드래곤의 비늘로 만들어졌어."

나이드의 솔직한 말 한마디 한마디가 헤겔의 뒤통수를 후려갈기는 느낌이었다.

"선배님!"

"저희 사인 좀 해 주세요."

"혹시 모험하셨던 이야기 좀 들려주실 수 있을까요?"

마음에 들어 했던 신입생들이 헤겔의 곁을 떠나서 나이드에게로 달려가고 있었다.

"오늘은 특제 요리입니다. 모라타의 고급 재료들을 몽땅 써 봅시다!"

"우아아아앗!"

황소 광장에는 요리사들이 모였다.

풀코스의 바르베로타, 해산물의 미하엘, 고기 굽기의 산젤리, 디저트의 모쿠.

요리의 전문 분야가 다르기 때문에 누가 최고라고 부르기 힘들었지만, 대륙에서 유명한 요리사들이 모라타에 집결했다.

대륙제일요리대회

　주최 아르펜 제국

　후원 마판 상단, 가몽 상단, 불패 상단, 뭐든싸게 상단

이른바 요리 대회.

우승 상금만 500만 골드에, 아르펜 제국의 영주 자리까지 수여된다.

미심쩍은 입맛을 가진 심사위원들에 의해 진행되는 요리 대회들이야 수없이 많았지만, 이번에는 규칙이 간단했다.

－케이베른이 공격해 오는 전날 밤에 개최합니다.

대회 시간은 해가 저물면 시작해서 다음 날 아침까지.

음식을 먹어 본 손님은 1점에서 5점까지 점수를 줄 수 있다.

가장 많은 점수를 얻은 요리사가 승리!

요리사들은 그저 제공되는 식자재로 맛있는 음식을 만들면 되었다.

"밤새도록 요리를 해서, 가장 많은 인기를 끌면 되는 건가?"

"어. 근데 많이 팔수록 유리하다고 하니까 인기 순서 같은데."

"인기도 실력이잖아. 그리고 유명하다고 해서 먹어 봤는데 맛없으면 표 안 줄 거야."

"맛집이라고 해서 갔는데 실망하는 것처럼?"

"맞아. 인기는 초반에 잠깐만 차이가 날 거야. 바로 옆에 맛있는 거 놔두고 굳이 맛없는 걸 먹으려고 사람들이 몰리지는 않잖아."

"그 말이 맞겠네."

유저들은 자신이 원하는 요리사가 만든 음식을 사 먹을 수 있었다.

베르사 대륙의 산해진미들이 일제히 요리되었다.

요리사들이 벌이는 화려한 불 쇼에 유저들이 몰려들었다.

"엄청난 향기군."

"아렌 성에서도 이 정도 수준의 요리는 먹어 보지 못했는데."

드래곤과의 전투를 앞두고, 헤르메스 길드에서도 자유롭게 돌아다녔다.

헤르메스 길드원만 하더라도 30만 명은 훌쩍 넘는 인원이었다.

수백 골드나 되는 최고급 요리라도 금전적인 부담이 갈 정도는 아니었고, 그들에게 식사는 매우 중요했다.

맛있고 영양가가 높은 식사는 전투 시에 힘과 체력을 크게 높여 주니까.

보에몽이 양념을 바른 멧돼지 꼬치구이를 뜯었다.

"설마 우리가 잘 먹고 잘 싸우라고 위드가 행사를 주최한 건가?"

학살자 칼쿠스도 고기 위주의 입맛을 가지고 있었다. 그는 입안에서 녹아내리는 모라타의 소고기볶음을 맛봤다.

"그런 것 같네요. 요리사들에게는 돈과 명예를 얻을 수 있는 기회를 주고, 우리에게는 최고의 음식을 제공하고."

가르나프 전투에서 7군단을 이끌던 크레볼타 역시 그들과 함께 있었다.

"크으, 맛있기는 합니다. 기분이 좋아지는군요. 하지만 이런다고 드래곤을 상대로 승산이 1%나 높아질까요? 거의 의미가 없어 보이는데."

군단장들은 상대가 보통의 몬스터가 아니기 때문에 효과는 미약하리라고 봤다. 하지만 사기를 높이는 면에서는 긍정적이었다.

자신들부터 얼마 후면 벌어질 드래곤과의 전투에 대한 긴 장감을 조금이나마 해소할 수 있었으니.

보에몽이 멧돼지 꼬치구이를 하나 더 집으며 말했다.

"근데 여기 물가가 꽤 비싸지 않습니까? 꼬치구이 하나에 10골드라니요!"

크레볼타가 웃으며 말했다.

"전쟁을 앞두고 있지 않습니까. 상인들이 비싸게 팔 수도 있지요."

비싸게 느껴지긴 했지만 그래도 받아들일 수 있는 수준이라 납득하며 헤르메스 길드원들은 지갑을 열었다.

모라타의 거리마다 횃불과 마법 등불이 환하게 밝혀졌다.

판자촌에서도 어쩌면 마지막이 될지도 모를 축제를 열고, 자신들의 집에 있는 물품들을 정리했다.

"휴, 손때가 묻은 건데……."

"오랫동안 쓴 거야?"

"아니. 중고로 사서 전 주인 손때가 묻었다고. 아직 얼마 쓰지도 못했는데."

판자촌마다 유저들이 가구와 살림 도구를 실어 가거나 팔고 있었다.

활짝 열린 성문으로는 아직까지 모라타에 와 본 적이 없던 유저들이 들어왔다.

"정말 멋진 도시잖아. 이제야 여길 와 보다니… 집이라도 한 채 사 놓을걸."

"광장마다 열리고 있는 축제가 다 달라."

"어디든 빨리 가 보자."

유저들은 밤을 바쁘게 즐겼다.

빛의 광장에서는 바드들에 의해 가면무도회가 열렸다.

대륙 최고의 바드로 인정받는 마레이!

그가 1,000명의 유저들과 함께 악기를 연주하였다.

한쪽에서는 마법사와 사제가 하늘로 빛을 뿜어냈다. 빛과 음악만 있으면, 그곳이 바로 놀 수 있는 무대였다.

"신나게 놀아 봅시다!"

유저들이 몸을 흔들며 춤을 추었다.

몇 시간 후에 벌어질 전투를 앞두고 있기에 더욱 광란의 밤을 보내는 유저들.

그동안 남부 사막에서 사냥했던 타격대의 유저들이나 헤르메스 길드원들까지 뒤섞여서 밤을 즐겼다.

"흠흠! 미안합니다."

"거 주변 사람 조심 좀… 안녕하십니까, 칼리스 님."

"네. 렌슬럿 님도 오셨군요."

"그냥 기다리기는 좀 아쉬워서요."

"재밌게 노시기를……."

"칼리스 님도."

광장에 사람이 북적이다 보니 실수로 발을 밟거나 하는 등의 일도 수시로 일어났다.

원한이 깊은 흑사자 길드의 대표와 헤르메스 길드 군단장의 부딪침이었지만, 그들은 그냥 슬쩍 자리를 피했다.

아르펜 제국의 질서 아래에 감정을 내세울 시점도 아니었고, 이 밤에는 긴장을 풀고 실컷 즐기고 싶었던 것이다.

모라타에 모인 유저들을 마법에 걸린 것처럼 즐겁게 만드는 빛의 광장.

"우리도 한 곡 출까?"

"이렇게 사람들이 많은데요?"

광장의 한쪽 구석에는 이빨이 툭 튀어나온 오크 가면의 남자와 고양이 가면을 쓴 여자가 있었다.

위드와 서윤.

그들은 가면을 착용하고 모라타 거리를 돌아다녔다.

"아무도 우릴 못 알아볼걸."

"춤은 춰 본 적이 없어요."

"대충 음악에 몸을 맡기면 될 거야. 운동신경이 좋은 편이니까 금방 따라 할 수 있지 않을까?"

"운동도 못해요."

"잘할 거야. 몬스터 때려잡던 걸 보면 충분히……."

"뭐라구요?"

"몸이 가볍고 날렵하더라고."

위드는 서윤의 손을 잡고 광장으로 들어왔다.

빛과 음악에 몸을 맡긴 사람들.

그들과 섞여서 어설프지만 마음대로 춤을 추니 세상에서 가장 행복한 순간이었다.

위드는 서윤의 손을 잡고 이끌고, 때론 몸을 바싹 붙이며 끌어안았다.

"어때?"

"나쁘지 않아요."

"가끔 이런 시간도 가질까?"

서윤은 말없이 고개를 끄덕이기만 했다.

악사들의 연주가 멈추지 않고 있었지만 상대의 심장이 두근거리는 소리를 듣고 있는 기분.

서윤은 흔한 여행복을 입고 얼굴의 절반을 가리는 고양이 가면을 썼다. 그럼에도 드러난 입가와 표정으로 얼마나 즐거워하는지를 알 수 있었다.

'이런 게 사랑인가.'

위드는 감정을 배워 간다고 생각했다.

처음 그녀를 알던 때와는 다르게 목소리와 표정, 행동에서도 감정들이 물씬 전해진다.

행복을 누군가 알려 주지 않아도, 지금이 행복하다는 걸 깨닫게 만드는 시간.

케이베른에 의해 모라타가 파괴되어 버릴지라도 이 순간만은 영원히 기억에 남으리라.

위드는 그녀의 허리를 가볍게 안고 춤을 추었다.

'얼굴을 못 보는 게 다행이구나.'

불빛에 비쳐서 보석처럼 빛나는 서윤의 눈동자.

그것만으로도 아찔할 지경인데 그 얼굴의 아름다움에 빠져 버리면 정신이 몽롱하게 되어 버릴 테니까.

한 곡, 또 한 곡.

시간을 잊은 것처럼, 어설프지만 서로의 손을 잡고 춤을 추었다.

빛의 광장에 사람들이 계속 몰려들어서 슬슬 춤을 출 공간도 부족해졌다.

"다른 곳에도 놀러 가자."

"좋아요."

요리가 펼쳐지는 황소 광장에 가서 다양한 음식으로 배를 채웠다.

"정말 맛있어요."

"문어 요리가 좋네. 여기 투표하자."

"그래요."

사람들 틈에 줄을 서서 음식을 먹고 투표도 했다.

"저기, 대회의 공정성 때문에 익명으로 투표하시는 것은 곤란합니다."

대회를 주관하는 마판 상단의 상인이 제지하기도 했다.

"이름을 말씀해 주십쇼."

"위드. 그리고 이쪽은 서윤."

"다시 말씀해 주시겠어요?"

"위드랑 서윤이라고요."

"이 사람들이 지금 장난을……."

발끈하려던 상인은 위드가 가면을 들어 올리자 얼굴을 보고는 조용해졌다.

"헙. 화, 황제 폐하."

서윤은 굳이 가면을 들지 않아도 되는데, 위드를 따라서 얼굴을 보여 주었다.

"전 서윤이에요."

"으으윽."

가까운 곳에서 서윤의 얼굴을 본 상인은 기절하기 직전의 상태!

"뭐야, 무슨 일인데?"

"뭐가 있어?"

뒤에서 투표를 위해 줄 서서 기다리던 사람들이 웅성거렸다.

상인의 주변에서 서윤의 얼굴을 본 사람들은 그냥 입만 크게 벌린 채 굳어 버렸다.

"으헉."

"서, 서윤……."

모라타 방어전을 준비하면서 서윤의 외모를 본 사람들은 많이 있었지만, 이렇게 가까운 곳에서 보게 되니 실로 비현실적으로 느껴지는 외모였다.

위드는 서윤의 가면을 다시 씌워 주었다.

"우리 인증됐죠?"

"네, 네."

"그럼."

위드는 더 소란이 벌어지기 전에 서윤과 재빨리 빠져나왔다.

으슥한 뒷골목 구경도 하고, 시장에서 기념품도 구입.

예술의 언덕에서 사람들이 안 보일 때에는 진하게 키스도 했다.

해가 떠오르고, 마침내 모라타 방어전이 시작되는 시간.

흑색 거성에서 밤새도록 이야기를 나누던 위드와 서윤은 서로의 손을 꼭 잡았다.

"드디어 오늘이네."

"꼭 이길 수 있을 거예요. 모든 사람들이 힘을 모았잖아요."

위드는 고개를 끄덕였다.

물론 그런 낭만적인 이야기는 전혀 믿지 않았다.

날쌘 찬바람 : 케이베른이 레어에서 날아올랐습니다. 방향은 예상대로 북쪽입니다.

첫 번째 보고가 들어왔다.

조인족이 케이베른의 레어에서부터 관찰하고 있었다.

페일 : 타격대 준비 완료입니다.

아크힘 : 헤르메스 길드도 전원 배치 끝. 언제라도 싸울 수 있습니다.

드래곤을 상대로 성벽을 지키는 공성전이란 의미가 없기 때문에, 유저들은 건물과 참호에 숨어 있었다.

특히 헤르메스 길드는 25만 명의 길드원이 전투에 동원되었다.

1만 명이 조금 넘는 인원이 희생의 화로를 쓰기로 하고, 드래곤이 도착할 때까지 기다리고 있는 상태.

"모두 떠나세요! 드래곤이 출발했습니다!"

그리고 마침내, 모라타에 긴급 대피를 알리는 길고 날카로운 뿔피리 소리가 울려 퍼졌다.

"드래곤이 곧 오겠네."

"진짜 조마조마하다."

축제를 즐기며 머물던 유저들이 성문을 급하게 빠져나가고 있었다. 또한 일부는 죽음을 각오하고 구경을 위해 들어왔다.

"우리 오늘 살 수 있을까?"

"몰라. 밟혀서 죽을지, 불에 타서 죽을지."

"건물이 무너져서 죽을 수도 있겠다."

아르펜 제국에서는 공식적으로 대피령을 내렸고, 전투에 참여하지 않는 유저들에게 모라타를 떠나도록 적극적으로 권고했다.

그럼에도 수많은 유저들이 도시 내의 건물들에 머물렀다.

구경꾼들의 목숨은 모라타가 완전히 파괴되기 전에 케이베른을 물리치는 데 달려 있었다.

"마법공학 대포 최종 점검!"

"공성 무기들도 확인하고, 각자 위치 보고도 해!"

케이베른이 북부로 날아오는 동안 헤르메스 길드가 가장 바빴다.

장비 점검도 하고, 전술에 맞춰서 드래곤을 공격할 준비도 갖췄다.

창과 대검, 도끼, 철퇴 같은 대형 무기들을 장비한 부대도 있었는데, 이것이야말로 헤르메스 길드만이 가능한 대비 태세.

"발리스타에는 성수를 바른 은작살을 장전해 놨어."

"드래곤에게도 은작살이 효과가 있나?"

"모르지. 쏴 본 사람이 없잖아. 오늘 쏴 보면 알 거야."

방어탑마다 대형 발리스타의 다양한 종류의 화살을 장전 했다.

도시의 건물들이 파괴되는 피해를 감수하고, 드래곤을 향 해 공성 무기들을 실컷 쏴 댈 계획이었다.

날쌘 찬바람 : 도착까지 20분 예상합니다. 계속 추적하겠습니다.

드워프와 타격대, 헤르메스 길드!

그 외에 독자적으로 도움을 주기 위해 참여한 유저들.

모두가 숨을 죽이며 드래곤이 나타나기만을 기다렸다.

그리고…….

마침내 케이베른이 모라타의 남쪽 하늘에 모습을 드러냈다.

ㅡ크라콰라라라락! 모두 죽어라!

블랙 드래곤이 모라타를 향해 고함을 질렀다.

레어를 털린 후 더욱 사납게 변한 케이베른이었다.

ㅡ드래곤 피어에 의해서 신체 능력이 제약을 받습니다.

절대적인 위엄과 두려움을 느낍니다.
생명력이 41% 감소합니다.
일시적으로 신체에 마비 증상이 일어납니다.
이동 제약!
11초 동안 움직일 수 없습니다.
부족한 지혜로 스킬 사용이 89% 제약을 받습니다.
더 많은 마나를 소모하며, 실패 확률이 상승합니다.

드래곤 피어의 작렬!

드래곤의 광량한 목소리가 도시로 넓게 퍼져 나갔다.

아크힘 : 군단장마다 피해 상황 보고하라.

보에몽 : 전투단 피해는 거의 없습니다. 조금 마비 증상이 있는 이들이 있지만 금방 풀릴 정도입니다.

가우슈 : 끄떡없습니다.

라미프터 : 3분에서 5분 정도, 마법사들이 완전한 정신력을 회복하는 데 시간이 필요합니다.

헤르메스 길드원들은 장비와 액세서리를 잘 맞춰 놓았기 때문에 드래곤 피어를 견뎌 냈다.

아르펜 제국 편에 선 타격대 유저들은 대체로 전투력 상실이 심했다.

"크흠, 괜찮습니까?"

"시끄럽긴 하군요."

"아직도 우리가 헤르메스 길드보다 약하긴 한 것 같습니다."

"저놈들이야 워낙 오랫동안 해 먹었으니……."

멋진 전투를 기대하며 도시에 남은 구경꾼들은 꽤나 많이 목숨을 잃었다.

"꽥!"

"으악!"

드래곤 피어가 도시의 넓은 지역을 휩쓸었다.

판자촌, 뒷골목, 상가 건물에서 유저들이 떼죽음을 당해야 했다.

"살려 주세요!"

"치료 좀. 곧 죽어요!"

죽기 직전까지 가는 큰 피해를 입은 초보 유저들이 너도나도 뛰쳐나오며 치료를 요청했다.

어떤 이들은 사제가 있는 건물로 들어가고, 붕대를 빌려서 몸에 칭칭 감기도 했다.

오베론 : 위드 님! 유저들의 피해가 큽니다!

"에휴."

위드는 한숨을 쉬었다.

이런 점을 우려해서 대피령을 내렸던 것이지만, 대도시인 모라타에 숨어 있는 사람들을 강제로 집집마다 수색하면서 전부 쫓아낼 수도 없었다.

오베론 : 구조대를 보내겠습니다.
위드 : 어쩔 수 없죠. 그렇게 하세요.

미리 대기하고 있던 사제들이 거리로 나가서 유저들을 구하면서, 초보 유저들은 회복 마법 한두 번에 완전히 몸이 나았다.

그사이 케이베른은 다른 도시에서처럼 원을 그리며 유유히 모라타의 상공을 날아다니고 있었다.

그래서 다들 하늘에 떠 있는 블랙 드래곤의 눈에 띄지 않게 허리를 바싹 숙이고 돌아다녔다.

그러나 결국 발각되고야 말았다.

-인간들! 쥐새끼처럼 숨어 있었구나.

수만 명에 달하는 인원이 도시에서 움직이고 있으니 케이베른의 눈에 띄지 않았다면 그게 더 이상한 일이었으리라.

블랙 드래곤 케이베른!

인간과 드워프를 저주하고 있는 가장 위험한 드래곤이다.

케이베른이 도시의 끝에서 끝까지 닿는 거대한 포효를 터트렸다.

-너희를 기다리는 건 파멸과 죽음뿐이다!

몬스터들도 가끔 내뱉는 말임에도 불구하고, 그 주체가 드래곤이다 보니 실로 엄청난 위압감이 유저들에게 전달되었다.

"으어어어!"

"망했다. 우리… 이제 죽는 거야?"

지상에 있던 유저들이 떨리는 눈동자로 하늘을 올려다봤다.

케이베른의 말은 단순한 협박이 아니었다.

블랙 드래곤이 숨을 크게 들이마시면서 거대한 몸을 부풀리기 시작했다.

"브레스다!"

"모두 도망쳐!"

거리에 나와 있던 유저들은 공황 상태에 빠져서 사방으로 달려가기 시작했다.

전투를 위해 기다리던 헤르메스 길드원들은 고개를 저었다.

"시작부터 브레스야. 이렇게 되면 플랜B네."

"변수가 큰 대도시라는 점을 감안하긴 했지만 이런 방식으로 진행이 되다니."

위드도 그냥 한숨을 푹 쉴 따름이었다.

"브레스는 피해가 너무 클 텐데."

케이베른이 저처럼 도시를 향해 브레스를 쏘는 것이 꼭 초보 유저들 탓이라고 할 수는 없었다.

케이베른이 전투를 시작하는 몇 가지 방식 중의 하나였으니까.

그럼에도 마법 공격이 아니라 브레스라면, 직격당하는 쪽은 누구라도 살아남기 힘들다.

위드도 그것은 마찬가지.

-쿠와아아아앗!

케이베른의 입에서 칠흑처럼 어두운 브레스가 쏟아져 나와 도시를 강타했다.

폭풍이 일어난 것처럼 바람마저 빨려 들어가고, 건물과 대지가 한꺼번에 휩쓸렸다.

모라타에 있는 유저들은 지진이 일어난 것처럼 땅이 흔들리는 것을 느꼈다.

"어디야? 어느 쪽이지?"

"북서쪽으로 날아간 것 같았는데."

"대도서관이 당한 건가?"

"정확히 그쪽 방향은 아닌 느낌이었는데……."

잠시 후에 조인족 유저가 상황을 보고했다.

삼비둘 : 야단맞는 케이베른 조각상이 파괴되었습니다. 그 주변에 있는 건물들도 녹았고, 불이 번지고 있습니다.

케이베른의 관심을 끌기 위해 만들어 놓은 초대형 조각상.

블랙 드래곤이 드워프에게 꿀밤을 얻어맞는 조각상이 첫

번째 목표가 되어 주었다.

조각상과 함께 도시의 일부가 날아가기는 했지만 그래도 예상보다는 경미한 피해였다.

아크힘 : 미끼를 물면 그때부터 전투가 시작된다. 모두 철저히 준비!

헤르메스 길드원들은 은신처에서 나올 준비를 했다.

케이베른이 지상으로 내려오는 순간부터 그들의 공격이 시작되리라.

빙룡 광장, 와이번 광장에 상단들이 보물을 엄청나게 쌓아 놓고 케이베른의 착륙을 유도했다.

북부만이 아니라, 중앙 대륙의 상단들도 조금씩 모아서 만들어 놓은 번쩍번쩍한 황금의 산.

드래곤이 도착하기 직전까지, 빙룡 광장과 와이번 광장에는 보물을 구경하기 위해 많은 구경꾼들이 몰리기도 했다.

'미끼만 물어라.'

'드래곤이라면 보는 순간 빨려 들 수밖에 없을걸!'

'빙룡 광장이 좋다. 바로 거기가 헤르메스 길드가 총공격하기에 가장 유리한 장소야.'

'지상으로만 내려오면 단숨에……'

헤르메스 길드원들은 투지를 잔뜩 일으켰다.

그동안 드래곤을 상대하기 위해 보스 몬스터 사냥으로 연습하며 철저히 준비해 왔다.

삼비둘 : 케이베른이 마법을 준비하고 있습니다!

이어지는 두 번째 나쁜 소식.

케이베른은 땅으로 내려와서 건물을 부수거나 하지 않고 하늘에서 마법 주문을 외우고 있었다.

그것도 보통의 마법이 아니라 화염 계열의 궁극 마법이었다.

창문을 통해 하늘에 떠 있는 케이베른이 마법 주문을 외우는 것을 보던 위드에게 페일의 귓속말이 날아들었다.

–위드 님, 어떻게 하죠? 도시의 피해가 엄청날 텐데…….

화염의 줄기들이 뒤섞이며 드래곤의 주변에서 소용돌이치듯이 엮이고 있었다.

–답답하지만 기다리는 수밖에요.

–타격대가 출동하면 마법 주문을 취소시킬 수 있을지 모릅니다. 어쩌면 공격 대상을 바꿀 수도 있고요.

–그건 안 됩니다.

–모라타가 타격을 당하면 사람들의 피해도 더 클 수 있어요.

–정해진 계획에 따라 움직이세요. 타격대는 기다립니다. 시작부터 드래곤과 공중전을 펼치면 승산이 줄어들어요.

위드는 싸우기 전부터 이 정도의 상황까지는 감안하고 있었다.

케이베른 정도의 드래곤이 발휘할 수 있는 공격 수단은 워낙에 다양하기에 변수의 폭도 넓게 잡았다.

"그래도 시작부터 잘못되어 가는 느낌이 있긴 한데⋯⋯."

화염 계열의 궁극 마법이 모라타에 입힐 피해를 떠올리면 끔찍하기만 했다.

케이베른이 지금까지 파괴한 도시들만 봐도, 웬만한 재난 영화를 능가하는 모습들이 펼쳐졌었다.

그나마 그때는 사람들이 없는 도시였지만, 이번에는 유저들이 건물마다 숨어 있다.

-절대 태양!

짧은 시간이 흐른 후에 케이베른은 화염 계열의 궁극 마법을 발동시켰다.

태양을 하나 더 만들어 내는 마법.

모라타의 하늘에 이글거리는 붉은 태양이 생성되었다. 공기가 후끈하게 달아오르고, 극도로 뜨거운 열기가 지상을 강력하게 내리쬐었다.

활짝 피어 있던 꽃과 풀이 빠르게 메말라 갔다.

모라타의 냇물과 개천이 바싹 마르며 바닥을 드러내고, 판잣집들이 열기에 못 이겨 불이 붙었다.

판자촌을 중심으로 불이 번지면서 거침없이 확산되어 갔다.

"불이다! 불!"

"화재다! 여기서 어서 빠져나가야 돼요!"

"도망쳐요. 안전한 석조 건물로요!"

판자촌에서 전투를 구경하려던 유저들에게는 대재난이었다.

집이 타올라 거리로 나올 수밖에 없었고, 대부분은 열기를 직접 몸으로 접하며 목숨을 잃어야 했다.

-절대 태양!

피부를 태우고, 숨을 옥죄는 열기에 휩싸였습니다.
마법 저항력을 무시합니다.

화염 피해로 매초마다 생명력이 1,340씩 감소합니다.
피해량은 지속적으로 증가하게 될 것입니다.

화염 계열의 궁극 마법을 견뎌 내는 초보 유저는 드물었다.

건물과 벽에 바싹 붙어서 움직이면 피해를 덜 수 있었지만, 그조차도 레벨 200 이하의 유저들에게는 무의미한 수준.

"꺄아아아악!"

"몸이 탄다, 불에 탄다!"

유저들은 거리에서 숱하게 타 죽었다.

타격대 소속의 사제들이 출동해서 치료 마법으로 살리기도 했지만 극소수에 불과했다.

파보 : 방재 작업을 했지만… 판자촌까지는 미처 신경 쓰지 못했네. 미안하네.

파보가 지역 채팅에 사과했다.

건축가들과 유저들의 도움을 받아서, 주요 건축물마다 불이 붙지 않도록 물을 뿌려 놓거나 모래를 쌓아 두었다.

판자촌은 부수고 새로 짓는 편이 낫기에 돌보지 않았는데, 그것들이 먼저 피해를 입으며 대형 화재를 일으켰다.

"대피, 대피해."

유저들이 그나마 안전하리라 예상했던 장소가 판자촌이었다.

다른 건축물들에 비해서 드래곤의 관심을 덜 끌리라고 생각했는데, 넓은 범위에 피해를 미치는 궁극 마법에 의해 한 방에 초토화되어 버린 것이다.

화염은 건물들을 태우며 세력을 키워 나갔다.

모라타의 약 10% 정도가 불에 타고 있었다.

그나마 화재 방지를 위해 정해진 구역의 건축물들을 미리 파괴해 불이 나도 도시 전체로 번지지 않도록 조치를 취해 놨던 것이 다행이었다.

─인간들아, 나에게 죽는 것을 영광으로 알아라.

케이베른이 검은빛의 창을 무수히 많이 만들어서 지상에 돌아다니는 유저들에게 쏘았다.

창의 쇄도!

하늘에서 폭격이 이루어지듯이 마법 공격이 이루어졌다.

건물과 도로를 꿰뚫는 검은 창에 유저들은 목숨을 잃었다.

"사, 살려 줘!"

"아무 곳으로나 도망치면 안 돼! 우리가 방해가 되어선 안 됩니다!"

거리마다 일대 혼란이 벌어지고 있었다.

드래곤을 피해서 성문을 향해 달리는 유저들, 큰 건축물이나 참호로 찾아 들어가는 유저들.

로열 로드를 하면서 목숨을 잃는 경우야 흔했지만, 드래곤의 엄청난 존재감과 마법 공격에 의해 전부 공포에 빠진 모습들이었다.

어떤 이들은 자신들이 전투에 방해가 될 것을 우려해 제자리에서 담담하게 죽음을 맞이했다.

검은빛으로 이루어진 창이 계속 도시로 쏟아져 내리고 있었다.

페일 : 모두 자리를 지키십시오! 아직은 싸울 때가 아닙니다.

타격대를 이끄는 페일이 급하게 채팅 창에서 외쳤다.

그 역시 유저들을 구하고 싶었지만 드래곤을 사냥하기 위해 계획을 따라야 한다는 점에 동의했다.

더구나 거리에 극심한 혼란이 벌어지면서 도저히 병력을 끌고 나갈 수가 없었다.

파이톤 : 오베론 님! 특히 오베론 님 못 움직이게 막아요!

웬만하면 나서기 좋아하는 드워프!
오베론의 몸을 타격대의 유저들이 단단히 붙잡았다.
그사이에도 거리의 유저들은 목숨을 잃었다.
건물이 파괴되고 화재가 커지면서, 숨어 있던 헤르메스 길드원들도 은신처를 벗어나서 움직여야 했다.
지하 동굴과 참호를 이용할 수 있었지만 모두가 그럴 수 있는 건 아니었다.

"젠장! 자리를 잘못 잡았어."
렌슬럿은 판자촌을 나오며 주위를 살폈다.
그의 부대는 후방 지원과 기습을 맡았기에 조금 떨어진 구역의 판자촌에 숨었다. 그러나 걷잡을 수 없이 화재가 커지면서 어쩔 수 없이 도로로 나왔다.
"안전지대로 간다. 서둘러서 움직여."
1,000명의 헤르메스 길드원들이 판자촌을 나와서 상업 지

역으로 이동하려고 했지만 케이베른의 눈에 띄었다.

-거기에도 있었구나. 모두 죽어라!

케이베른이 날갯짓을 하며 판자촌을 향해 급강하를 시작
했다.

렌슬럿이 그 모습을 보며 눈을 부릅떴다.

"놈이 날아온다!"

"전투, 전투준비 해!"

헤르메스 길드원들이 주변으로 퍼지며 무기를 뽑았다.

수많은 보스 몬스터 전투 경험이 바탕이 된 매우 빠른 대응
이긴 했지만, 하늘에서 날아든 드래곤이 곧 그들을 덮쳤다.

-크롸라라라라라락! 인간들 따위가 저항할 셈이더냐!

드래곤은 두 발로 유저들을 밟고 꼬리를 휘둘렀다.

"큭, 막지 말고 피해라!"

"하필이면 제대로 준비도 못 한 지금……."

렌슬럿의 부대는 자신들만으로는 역부족이란 사실을 잘
알고 있었다.

드래곤에게 물리고, 밟히고, 차이고.

헤르메스 길드원들은 꼬리에 맞은 충격으로 날아가 불타
는 판자촌 구역에 떨어졌다.

-크오오와아아아아아아!

케이베른은 신이 나는지 지상에 서서 날개를 활짝 펼친 채
포효했다.

"젠장, 이렇게 된 이상은 반격해!"

렌슬럿의 부대는 무기를 휘두르며 저항을 시작했다. 그렇지만 거대한 드래곤의 몸이 움직일 때마다 여기저기 처박히거나 죽어 갈 뿐.

그때 아크힘의 귓속말이 전달되었다.

─힘든 건 알지만 버티면서 빙룡 광장으로 물러나야 합니다. 빙룡 광장이 가장 가깝습니다.

렌슬럿의 부대가 흩어져서 도망치게 되면 드래곤이 어느 쪽으로 가게 될지 모른다.

헤르메스 길드 입장에서야 모라타가 초토화되는 것은 상관없는 일이지만, 케이베른과의 전투 승리가 달려 있었다.

"놈의 관심을 끌며 빙룡 광장까지만 가면 된다! 그러면 전투조에 맡기는 것으로 우리 임무는 끝난다!"

렌슬럿은 부대원들을 격려하며 드래곤의 관심을 집중시켰다.

"벼락의 검!"

쿠르르릉!

검에서 번개가 치며 뻗어 나가 드래곤의 몸을 강타, 케이베른의 시커먼 광택이 흐르는 비늘에 미세한 흔적이 새겨지게 되었다.

─인간 따위가 별거 아닌 저항을 하는구나.

드래곤의 맷집과 마법 저항력이 워낙 높기 때문에 피해의 대부분이 흡수되었다.

"관심을 끌었다. 공격하면서 서서히 물러나자!"

렌슬럿을 시작으로 헤르메스 길드원들이 일제히 스킬을 발동시켰다.

"방패 방벽!"

"경계자의 수호!"

"바람 사격!"

헤르메스 길드원들은 저마다 자신 있는 스킬들을 활용했다.

초보들을 대량 학살할 수 있는 그들의 공격이 드래곤을 향해 날아갔지만, 대부분은 가벼운 타격에 그칠 뿐이었다.

-인간들은 약하면서도 어리석지. 감히 위대한 이 몸에게 도전할 셈이냐!

케이베른이 날개를 좌우로 펼치며 걸어왔다.

땅이 흔들리고, 불이 붙은 판자촌 건물들이 힘없이 무너졌다.

화살이나 마법 공격을 몸으로 받아 내면서 걸어오는 드래곤.

거대한 생명체답게, 가볍게 걷는 것임에도 사람이 달리는 것보다는 훨씬 빨랐다.

"마, 망할!"

"이거 무슨 괴수 영화야? 이런 크기의 드래곤을 상대로 어떻게 싸우라고!"

"미치겠네, 이거!"

헤르메스 길드원들은 두려워하면서도 스킬을 발동시켰다.

그들의 무기나 원거리 공격은 케이베른의 단단한 비늘을 깨뜨리지 못했다.

애초에 지원부대에 속해서 희생의 화로를 쓰지도 않았고, 현재는 안전하게 빙룡 광장까지 철수하는 것이 목적.

－고통스럽게 죽여 주마!

케이베른은 뒤쫓으며 입으로 헤르메스 길드원들을 하나씩 물어서 땅바닥에 내뱉었다.

"크억!"

갑옷과 방패를 꿰뚫는 이빨은 헤르메스 길드원들을 전투 불능으로 몰아넣었다.

－극심한 부상!
맹독이 온몸에 퍼지고 있습니다.
3분 내로 치유하지 않으면 사망합니다.

드래곤의 독까지 결합되어서 죽음 직전에 이르렀다.

쿵쿵!

달려오는 케이베른에 의해 1명씩 집어삼켜지는 광경은 지켜보는 유저들에게도 끔찍한 일.

당하는 입장에서는 언제 자신의 차례가 될지 몰라서 보고 싶지도 않았다.

"젠장!"

"관심은 끌었으니 이동 스킬을 사용해!"

"신속한 달리기!"

"빛의 쇄도!"

렌슬럿과 헤르메스 길드원들은 이동 스킬까지 발동시키며 빙룡 광장이 있는 방향으로 달렸다.

-죽어라, 죽어. 나를 거스른 인간들은 마땅히 죽어야 하리라!

케이베른이 뒷발로 땅을 강하게 내리치자, 대지가 물결처럼 출렁거리며 퍼졌다.

-가시 지옥!

두꺼운 가시들이 벽처럼 튀어나와서 헤르메스 길드원들의 몸을 꿰뚫었다.

가시에 박힌 채로 수십 미터 공중에 매달린 헤르메스 길드원들!

"살려 줘!"

"저주를 해소해 주면… 20초는 버틸 수 있다고!"

그들은 최소 대여섯 가지씩의 상태 이상을 한꺼번에 당해야 했다.

매초마다 생명력도 빠져나가기 때문에 간절하게 외쳤지만, 살아남은 이들은 도망치기 바빴다.

"제기랄, 이건 너무 강하잖아!"

숲처럼 자라난 가시들이 장애물이 되어 제대로 도망치기

도 힘들었다.

렌슬럿의 부대는 케이베른에 의해 1명씩 사냥당했다.

아크힘 : 판자촌에서 전투가 계속 벌어집니다. 저곳은 위치가 너무 안 좋은데.

슬래터 : 우리가 가선 안 됩니다. 저긴 언덕 지형이라서 싸우기가 나쁩니다.

라미프터 : 저들을 다 잃더라도 기다리는 쪽이 낫습니다. 섣불리 구원을 나가려 했다가는 대계를 망치게 됩니다.

헤르메스 길드에서는 버리는 쪽을 선택했다.

"무자비한 반격!"

렌슬럿은 메시지 창을 보고는 케이베른에게 돌진했다.

상대의 공격이 강할수록 더 강하게 받아치는 스킬!

"내 이름이 바로 렌슬럿이다!"

렌슬럿이 케이베른이 휘두르는 꼬리를 검으로 튕겨 내고 이어서 따라붙었다.

2개의 검으로 베고 찌르면서 드래곤의 몸에 상처를 입혔다.

－상상할 수 없는 최악의 존재를 만났습니다.
　무자비한 반격이 3,200%의 공격력을 발휘하고 있습니다.

렌슬럿은 죽음을 각오했다.

케이베른을 피해서 달아나려면 부대원들을 버려야 했고, 헤르메스 길드가 구원을 오리라고는 생각할 수 없었다.

'나는 적어도 무의미하게 죽진 않겠다.'

헤르메스 길드의 군단장답게 최후까지 실력을 발휘하는 쪽을 선택한 것이다.

오베론 : 무자비한 반격. 저건 원래 워리어 스킬인데 특수 퀘스트를 수행하면 검사도 익힐 수 있습니다. 하지만 워리어라고 해도 오래 유지하지 못합니다.

오베론이 지역 채팅 창에 설명하는 것처럼, 무자비한 반격은 렌슬럿의 체력과 생명력을 사정없이 쥐어짜 내고 있었다.

"나 렌슬럿의 이름을 똑바로 기억해라, 이 도마뱀아!"

케이베른은 거센 공격을 당하며 한 발자국 뒤로 물러났지만 곧이어 분노했다.

-비탄의 사슬로부터, 영겁의 저주에 옭매여라.

무려 열두 가지의 저주가 렌슬럿을 덮쳤다.

고통, 중독, 약화, 쇠약, 혼란, 마비, 부패 등등…….

케이베른은 입을 크게 벌려서 마지막까지 날뛰던 렌슬럿을 잡아먹었다.

위드는 조각 변신술을 쓴 채로 드워프 전사들과 함께 기다리고 있었다.

"우리 종족의 미래를 위해 드래곤을 반드시 잡아야 해!"

"암! 꾹꾹 참아 왔던 드워프들의 분노가 무엇인지를 보여 주자고."

드워프 전사들은 무기를 점검하며 자신에 차서 떠들었다.

'사기는 높군. 장비발도 세워 놨으니 잘 버텨 주겠지.'

위드와 드워프 전사들이 있는 곳은 빙룡 광장 근처의 건물이었다.

바바리안 크나툴, 요정 기사 말린, 하프 엘프 비슈르.

세 종족의 영웅들은 타격대에 배치해 두었다.

드워프들이 자부심으로 똘똘 뭉쳐 있는 데다, 엘프나 바바리안과 사이가 별로 좋지 않았기 때문이다.

"브레스다!"

케이베른이 브레스를 쏠 때에는 드워프들과 함께 몸을 바짝 엎드렸다.

다행히 대형 조각품과 그 일대를 파괴!

"휴, 한숨 돌렸군."

위드는 가슴이 철렁했다.

위대한 건축물이 부서졌다면 시작도 전에 그 피해가 엄청났을 테니까.

"건물보다는 차라리 여신상이나 빛의 탑을 부수는 게 낫지. 조각술 마스터가 되었으니 새로 만들어도 될 테니까."

조금 전까지만 해도 강인하고 용맹하기 이를 데 없던 드워프들은 여전히 고개를 들지 못했다.

그들은 머리를 감싸 쥐고 두려움에 떨었다.

"우리 아직 살아 있나?"

"아아, 대지가 흔들려. 역시 드래곤이란……."

"너무 무섭다. 심장이 진정되지 않아."

"케이베른이 우리에게 화가 많이 나 있겠지?"

"틀림없이. 난 오래전에 할아버지에게 직접 드래곤을 본 이야기를 들은 적이 있어."

"어땠는데?"

"당장이라도 잡아먹힐 것 같았다더군. 스스로 심장을 파내고 싶을 정도로 두려웠다고 해."

"으으음, 우리 드워프의 팔다리를 뚝뚝 끊어 내고 잡아먹을 거야."

겁쟁이가 되어 버린 드워프 전사들!

용감한 드워프들에게 지상에서 유일하게 두려움을 주는 존재가 하필이면 드래곤이었다.

'사기를 높이는 건 우선 좀 나중에 하고…….'

위드는 계속 자리를 지켰다.

하늘에 절대 태양이 만들어지고 렌슬럿의 부대가 전투를 시작했지만, 기다려야 했다.

광장까지 드래곤을 끌어들이면 모든 병력이 공격에 나서는 것이 전투 계획.

드래곤이 모라타의 어디로 내려올지 몰라서 어설프긴 하지만, 현실적으로 더 꼼꼼한 계획을 만들 수는 없었다.

'드래곤을 상대로는 우리에게 최대한 유리한 장소에서 싸워야 해. 광장이 아닌 곳에서는 건물들 때문에라도 제대로 싸우지 못한다.'

렌슬럿의 부대를 상대로 케이베른이 날뛰는 소리가 계속 들려왔다.

―미개하고 비천한 인간들! 너희가 감히 나에게 덤벼들다니!

인간 혐오는 기본!

헤르메스 길드원들이 죽어 나가고, 건물들이 붕괴되고 있었다.

나쁜 소식도 계속 들어왔다.

날쌘 찬바람 : 위드 님, 모라타에 일어난 화재가 너무 큽니다.

위드 : 어느 정도인데요?

날쌘 찬바람 : 정확한 피해 규모는 모르겠지만 멀리서는 모라타 전체가 불타는 것처럼 보입니다. 연기도 무시무시하고요.

절대 태양의 영향으로 인해 수십 군데에서 화재가 발생해서 번져 가고 있었다.

　건축가들이 방재선을 만들어 놓긴 했지만, 새로운 건물들이 계속 화염에 휩싸였다.

　날쌘 찬바람 : 조인족들이 열기와 호흡곤란으로 하늘에서 픽픽 떨어지고 있습니다.

　위드 : 판자촌이 다 타 버리면 금방 꺼지긴 할 텐데…….

　로뮤나 : 위드 님, 절대 태양은 마력에 따라 유지 시간이 달라져요. 아마 5분 정도 더 지나면 사라질 거예요. 아, 진짜 익히고 싶은 마법인데.

　화염 계열의 마법사인 로뮤나에게는 케이베른의 마법 하나하나가 탐나는 것이었다.

　위드 : 날쌘 찬바람 님, 모라타의 예상 피해는요?

　날쌘 찬바람 : 연기로 시야가 가려져서 확인이 안 됩니다. 나무로 지은 건물이나 가로수는 다 타 버리지 않았을까요? 일반 건물들도 꽤 많이 탔을 테고요.

　레몬 : 예술 회관 근처가 위험해요. 몇몇 건물들이 타고 있어요.

　석조 건물이라고 해도 부분적으로는 나무를 쓰기도 했다.

내부의 집기와 가구에 불이 붙기도 할 테고, 무엇보다 역사가 짧은 모라타는 다른 대도시들과는 다르게 판자촌이 아주 넓었다.

언덕을 뒤덮은 판자촌만 하더라도 엄청난 면적이었다.

서윤 : 흑색 거성에서 보고 있어요. 불을 멈추지 못하는 이상 모라타의 삼분의 일 이상은 탈 것 같아요.

위드 : 그렇게나 많이?

서윤 : 지금 보이는 모습으로는 그래요.

사태의 심각성에 대한 인식이 위드만이 아니라 모라타의 유저들 사이에 퍼져 나갔다.

페일 : 세상에… 너무 심각한 거 아닙니까?

이리엔 : 엄청난 피해예요. 고작 마법 한 번인데요.

마판 : 불에 타서 사라지는 건물들의 값을 고려하면 천문학적일 겁니다. 아무리 목조건물이라도요.

미블로스 : 손을 쓸 수 없다는 점이 안타깝군.

파보 : 이게 다 철저히 준비하지 못한 내 잘못 같네.

건축가들은 구역별로 쉽게 파괴되지 않도록 성벽을 세우고 방재선을 구축했지만, 절대 태양은 도시 전역을 대상으로 하는 마법.

모라타라는 대도시에서 드래곤을 상대로 시가전을 펼치며 치르게 된 아픈 대가였다.

레몬 : 집집마다 구경하고 있는 분들, 여유가 있다면 케이베른이 없는 지역에서는 화재를 끄도록 해요.

프레임 : 알겠습니다.

톳쿵 : 주요 건물들로 불이 옮겨붙지 않도록 합시다. 드래곤을 도발하지 않도록 먼 구역에 있는 유저들만 움직여요.

모라타에 남아 있던 유저들이 활동을 시작했다.

케이베른은 지상에서 렌슬럿의 부대를 뒤쫓는 데 전념하고 있으니, 가까이 있는 건물의 불을 끄는 작업을 시작한 것이다.

'북부 유저들이 도움이 안 될 줄 알았는데…….'

그렇게 모라타가 버텨 줄 수 있을 것 같은 기색이 여기저기에서 보이자, 위드는 조금 더 기다릴 수 있는 여유를 되찾았다.

날쌘 찬바람 : 모라타의 하늘까지 날아왔습니다. 깃털이 그을릴 정도로 뜨거운데… 아무튼 지금 드래곤의 모습이 보입니다.

위드 : 렌슬럿은요?

날쌘 찬바람 : 부대 전멸! 전투가 벌어지면서 주변 지역으로 파괴가 확산되고 있습니다. 건물이 부서질 때마다 유저들이 도망치고 케이베른은 쫓아가고 있습니다.

　위드 : 방향은 어디죠?

　날쌘 찬바람 : 어느 한곳으로 뛰어가지 않고, 판자촌 근처를 여기저기 파괴하고 있습니다.

　케이베른이 빙룡 광장이나 와이번 광장으로 유인되지 않고 있었다.

　조각품이나 그림, 탐나는 보물까지 잔뜩 놓아두고 함정을 파 놓았지만 미처 발견하지 못한 모양. 지금은 파괴와 학살에 푹 빠져 있었다.

　"곤란한데……."

　위드는 하늘을 올려다봤다.

　모라타의 맑고 푸르던 하늘은 시커먼 연기로 뒤덮였다.

　케이베른은 닥치는 대로 유저들을 학살하고, 대규모 마법을 도시로 퍼붓고 있었다.

　높이만 200미터가 넘는 드래곤의 거대한 몸이 움직일 때마다 도시의 건물들이 짓밟히고 무너졌다.

　헤르메스 길드의 채팅도 들렸다.

　아크힘 : 케이베른은 피와 제물을 바쳐서 흑마법을 사용합니다.

유저들이 더 죽도록 방치하면 안 됩니다.

헤로이드 : 기왕이면 유저들에게도 빙룡 광장으로 도망치라고 전달합시다. 아무 곳으로나 흩어지면 제대로 싸우지도 못하고 초토화가 된다고.

보에몽 : 어차피 죽을 것, 매복 장소로나 달려오라고!

헤르메스 길드의 분위기도 조급해지고 있었다.

케이베른이 날뛰면서 퍼붓는 마법이 도시의 건물들과 함께 무작위로 헤르메스 길드원들도 덮치고 있었다.

마법 폭발, 진동, 비명.

모라타에서 벌어지는 모든 일들이 전쟁터처럼 느껴지는 상황이었다.

날쌘 찬바람 : 케이베른이 예술가의 언덕으로 올라가 파괴하고 있습니다. 하늘에서 보니 예술가의 언덕을 블랙 드래곤이 부수는 대단한 장관이… 흠흠, 죄송합니다. 아무튼 도시에 심각한 피해를 입히고 있습니다.

위드의 머릿속에도 절로 그 모습이 그려지는 듯했다.

블랙 드래곤이 꼬리를 휘둘러서 건물들을 부수고, 마법으로 파괴한다.

단순하기 짝이 없지만 그 속도란 도시 하나를 1~2시간이면 없애 버릴 정도로 어마어마하다.

모라타가 파괴되고, 유저들이 연달아 죽어 나가고, 흑마법이 충전되어서 무작위로 터트리는 모습이 연상되었다.

흑마법을 주특기로 삼는 케이베른의 진짜 공격은 이제부터였다.

"에휴, 이놈의 세상… 왜 쉽게 풀리는 것이 없냐. 미끼도 많이 만들어 놓았는데 걸리지도 않고."

헤르메스 길드는 이번 전투에서 독자적인 작전권을 보유했다.

바드레이나 아크힘이 있는 이상 무시하고 병력 운용을 지시하기는 곤란했고, 손발을 자주 맞춰 본 이들끼리 더 잘 싸우리라고 믿었기 때문이다.

하지만 이러나저러나 케이베른이 매복 장소로 와 줘야 헤르메스 길드도 마음 놓고 덮칠 게 아닌가.

"이렇게 된 이상 누구 나서 줄 사람이… 그래, 나밖에 없겠지. 모두 여기서 기다려요."

위드는 드워프들을 대기시켜 놓고 거리로 나갔다.

"꺄아악, 살려 줘요!"

"도망쳐! 케이베른이 마법을 쓴다."

"대피, 대피!"

예술가의 언덕 방향에서 들리는 비명들이 상황의 긴박함을 알려 주고 있었다.

위드는 사자후를 터트리며 케이베른이 있는 지역으로 달려갔다.

"이 시커먼 도마뱀아, 여기 네 집을 털어 간 위드핸드가 왔다!"

케이베른의 분노

－하찮은 인간들! 더욱 저항해 보아라!

케이베른은 모라타에 세워진 건물들을 꼬리를 휘두르고 발로 걷어차면서 파괴했다.

"꺄아악!"

"튀, 튀어!"

건물들이 부서질 때마다 사람들이 뛰쳐나왔다.

그들은 케이베른을 보자마자 다리가 굳어서 움직이지도 못했다.

－죄악의 씨앗을 타고난 인간들아, 죽는 순간까지 위대한 존재를 추앙하라.

케이베른은 겁에 질린 인간들의 모습을 보며 즐겼다.

—중력 강화!

일시에 모든 것들의 무게가 5배가 되었다.

유저들은 땅에 짓눌려야 했고, 건물들은 와장창 소리를 내며 일시에 붕괴. 기둥이 무너지고, 파편이 사방으로 튀었다.

"마, 마법이 여기까지……."

"어서 나가!"

베르사 대륙에서 최대의 인구를 가진 모라타였다.

인구의 대부분을 구성하는 초보 유저들은 도시를 떠나지 않았다. 위드와 바드레이의 활약까지 동시에 볼 수 있으리라는 기대감에 중앙 대륙과 로자임 왕국의 구경꾼들까지 가세한 상태였다.

며칠 동안 모인 유저들이 성문 밖으로 조금 빠져나가긴 했지만, 대피령을 무시한 엄청난 인원이 남았던 것이다.

"우얏!"

"비, 빙룡 광장으로……."

"내 집! 아직 할부도 끝나지 않았는데."

"이게 뭐야, 도대체!"

—플레임 쇼크!

케이베른의 마법이 휩쓸고 지나가며 1,000명 가까운 유저들이 사망했고, 충격파에 수백 채의 건물들이 주저앉았다.

마법 범위에 포함되지 않은 유저들은 미친 듯이 도망치기 시작했다.

-인간들. 재미있구나. 더 열심히 달려 봐라!

케이베른은 불의 장벽을 쳐서 유저들을 가두었다. 그러고는 앞발과 꼬리를 휘두르며 학살을 계속했다.

-피의 연쇄 화염!

유저들의 몸에 불이 붙으면서 터져 나간다.

거리의 유저들이 줄어들면 그다음에는 가까운 건물들을 부수며 튀어나오는 사람들을 학살하는 블랙 드래곤!

모라타는 재난 영화의 한복판처럼 황폐화되고 있었다.

"들키겠어!"

"이건 아니잖아."

"일단 빠져나가!"

유저들도 자신들 때문에 전투가 잘못되고 있다는 것을 느꼈다.

영리하게 빙룡 광장으로 방향을 트는 이들도 있었지만, 대부분은 멀리 도망도 가지 못하고 케이베른에게 붙잡혔다.

-마력 폭풍!

드래곤의 마법에 의해 마나의 힘이 회오리를 일으켰다.

중급 수준의 마법임에도 불구하고 반경 수십 미터에 달하는 마력 폭풍이 건물을 파괴하며 돌아다녔다.

"이런 망할!"

리버스도 자신이 숨어 있던 건물이 위태롭게 흔들리자 잔해에 깔리지 않기 위해 바로 뛰쳐나왔다.

"모라타가 얼마나 넓은데, 하필이면 내 집을 부수는 거야!"

원래대로라면 그는 현실에서 달짝지근한 코코아라도 한 잔 마시며 모니터로 전투를 구경하고 있었으리라.

그렇지만 로열 로드를 모라타에서 시작했으니, 이 거대한 전투를 실감 나게 보고 싶었다. 그 결과 전망이 탁 트인, 예술가의 언덕 근처에 있는 집을 사들였다.

집을 가지고 있어야 모라타의 주민으로서의 소속감이 더 느껴진다는 말도 실감되었다.

케이베른의 마법 공격에 의해, 시장에서 물건을 사서 꾸며 가던 집이 파괴되었고 이젠 생존을 걱정해야 할 처지가 되었다.

"도망은 칠 수 있겠지?"

현질로 장만한 몇 가지 장비들을 믿었다.

경매 사이트에서 산 야생마의 신발은 달리기 시작하면 가속도를 크게 높여 주었다.

"눈에만 안 띄면 되니까. 최대한 멀리 도망쳐야지."

다른 유저들도 있는 이상, 근처 골목으로라도 들어가면 안전해지리라고 믿었다.

하지만 드래곤이 멀리 떨어져 있음에도 불구하고 자신이 얼마나 저렙인지를 알게 되었다.

-영혼을 마비시키는 절대적인 공포를 마주하셨습니다.

생명력이 94% 감소했습니다.
마나 사용이 불가능합니다.
모든 스킬을 쓰지 못합니다.
몸이 굳어서 움직일 수 없습니다.

무시무시한 압박감이 전달되고 있습니다.
매초마다 540의 생명력이 감소합니다.

"이게 뭐야?"

고양이 앞의 쥐라는 표현이 어울렸다.

드래곤이 근처에만 있어도 알아서 죽어 버리는 저렙!

"죽어도 어떻게 이렇게 죽을 수가⋯⋯."

리버스는 몸부림을 쳐 보다가 꼼짝도 하지 않자 금방 삶을
포기했다.

케이베른이 다른 유저들에게 마법을 던지더라도 자신은
그냥 가만히 서 있다가 휩쓸려서 죽어야 하는 처지.

주변을 보니 다른 초보 유저들도 상황이 크게 다르진 않
았다.

"하하하, 드래곤이 진짜 세네."

"동감이에요. 구해 달란 말도 못 하겠네요."

달려서 도망이라도 가는 유저들은 완전 초보는 아니고 한
가락씩은 하는 이들이다.

몸이 굳은 채로 서 있거나, 하품이 나올 정도로 느릿느릿
발걸음을 떼는 이들은 영락없이 초보들.

리버스와 초보들은 서로 눈을 마주치고는 쓴웃음을 지었

다. 마법이 휩쓸고 있었으니 아무리 봐도 살아남기는 틀렸다.

"지난번에 뵌 적이 있는데, 옆집 어르신이시죠?"

"맞습니다."

"이렇게 죽게 되네요."

"모라타에서 구경하려고 했는데, 방송이나 봐야겠습니다."

다 포기하고 이웃들과 대화나 나누고 있던 그 순간!

"이 시커먼 도마뱀아, 여기 네 집을 털어 간 위드핸드가 왔다!"

멀리서부터 들리는 우렁찬 포효!

앞발로 건물을 부수던 케이베른이 고개를 돌렸다.

—내 집을 털어 갔다고? 드워프!

블랙 드래곤이 거대한 날개를 펼쳤다.

거센 바람이 주위를 휩쓸고 지나가며 주변에 붙어 있던 불이 조금 꺼졌다.

—세상의 드워프들을 다 죽여서라도 널 찾으려고 했다. 드디어 네놈을 만났구나!

드래곤은 방금 전까지 학살하던 유저들에게는 조금의 미련도 두지 않았다. 즉시 수백 미터의 높이로 솟구치더니 목소리가 들려오는 장소로 날아가는 것이었다.

—신체를 짓누르던 압박감이 사라졌습니다.
생명력이 매초마다 34씩 회복되고 있습니다.

초보 유저들은 숨을 돌리고 간신히 말했다.

"우리 살아 있는 거야?"

"드래곤이 떠났어."

"진짜네. 겨우 살아남았다."

리버스는 아직 몸을 움직일 수는 없었지만, 그래도 죽음의 위기를 넘겼다는 데 안도했다. 조만간 마비도 풀리리라.

건물마다 숨어 있던 유저들이 지붕 위로 올라오는 모습이 여기저기에서 보였다.

어떻게든 숨고 도망치려고 했던 유저들이 거리로도 뛰쳐나왔다.

"위드 님이다! 위드 님이 케이베른을 불렀어."

"대박! 케이베른이 공격하려 해."

"위드 대 케이베른이다!"

위드는 케이베른이 아마도 반응할 거라고 예상은 했다.

'레어를 털어 간 도둑이 나타났으니 당연히 관심이 집중되겠지?'

그렇게 생각하고 사자후까지 터트려 가며 외쳤다.

"이 시커먼 도마뱀아, 네 집을 털어 간 위드핸드 님이 오셨다! 어서 나와라!"

유저들의 비명과 건물이 무너지며 내는 소음, 작렬하는 마법.

온갖 소음들이 뒤섞인 난전이 벌어지고 있으니 잘 들리지 않을 수도 있었다.

"케이베른, 네 볼기짝을……."

위드가 예술가의 언덕까지 절반도 가지 않았는데, 하늘에서 날아오르는 케이베른이 보였다.

－드워프!

모라타 전역에서 들을 수 있을 정도로 분노에 찬 커다란 목소리.

드넓은 도시, 수많은 유저들이 도망 다니는 그 난장판에서도 케이베른의 분노에 찬 검은 눈동자는 위드를 정확히 노려보고 있었다.

－드디어 너를 찾아냈구나!

깊은 땅속에서 울리는 듯한 드래곤의 목소리는 공포 영화의 소리를 크게 키워 놓은 것처럼 살벌했다.

드래곤은 불타는 모라타의 건물들을 아래로 둔 채 검은 날개를 펼친 채 말하고 있었다.

그 무지막지한 위압감!

－드래곤의 이름을 걸고 너를 만 갈래로 찢어 죽일 것이다, 드워프!

케이베른이 그렇게 선언한 후에 날아오기 시작했다. 당연히 무척이나 빠른 속도였다.

"관심을 받을 줄은 알았지만, 이러면 완전 쪽박인데."

위드는 빠르게 눈동자를 굴렸다.

예술가의 언덕까지는 한참 남아 있었고, 빙룡 광장도 마찬가지. 어중간하게 중간에 끼어 버린 상태에서 케이베른이 날아온다.

"케이베른, 나도 너를 기다리고 있었다!"

위드는 일단 호기롭게 외치며 로아의 명검을 뽑아 들었다.

'병력을 준비시켜 놓고 혼자 여기서 싸우는 건 미친 짓이다. 어떻게든 도망쳐서 빙룡 광장으로 유인해 간다.'

가볍게 호흡을 고르고, 몸의 긴장을 풀었다.

약한 유저들은 드래곤을 가까이에서 보는 것만으로 얼어붙지만 위드는 그 수준에서는 크게 벗어났다.

드래곤 피어에 맞서는 자라는 호칭도 갖고 있었으며, 날벼락의 왕관도 도움을 주리라.

'레벨과 장비는 충분히 갖췄다. 그러니……'

더 이상 위드가 차분히 생각할 시간은 주어지지 않았다.

케이베른의 그림자가 어느새 그를 온통 뒤덮고 있었던 것이다.

─끔찍한 고통을 안겨 주마.

하늘에서 그대로 내려찍어 오는 드래곤의 뒷발!

위드는 앞으로 날렵하게 몸을 날려서 땅을 굴렀다.

쑤왜애애액!

발톱이 스쳐 지나가는 소리가 실로 무시무시하다.

목표를 빗나간 뒷발 공격은 3층짜리 석조 건축물을 그대로 부숴 버렸다.

'하나는 피했… 이크!'

위드는 즉시 차원문을 통과하며 땅을 박차고 이동했다.

이번에도 아슬아슬하게 꼬리가 대지를 내려쳤다.

도로의 석판들이 부서지면서 튀어 올랐고, 한숨을 돌릴 사이는 당연히 없었다.

-널 잡을 것이다!

케이베른이 땅에 내려오더니 그대로 질주하며 쫓아오고 있었다.

-납작하게 눌러 주마!

위드는 네발로 뛰며 힘껏 달렸다.

"네발 뛰기!"

드래곤 역시 날개를 펼친 채로 건물을 마구 부수며 쫓아왔다.

사람이나 몬스터와의 전투는 익숙했다.

그렇지만 케이베른은 덩치가 너무 크다 보니 눈에 다 들어오질 않아서, 어떤 공격이 들어올지 확인이 늦었다.

날쌘 찬바람 : 꼬리입니다! 높이 뛰세요!

꽈아아앙!

위드가 몸을 날리자마자 꼬리가 땅을 스치며 지나갔다.

날쌘 찬바람 : 이번에는 주둥이!

눈으로 보긴 했지만 도망치기에도 정신이 없는 와중이었다.

절묘하게 상황을 알려 주는 조인족의 도움.

"타핫!"

위드는 공중에서 몸을 회전하며 차원문을 통과했다.

딱!

케이베른의 이빨이 바로 뒤에서 맞부딪쳤다.

'드래곤 피어의 영향을 벗어난다면 피할 수 있어.'

드래곤의 육체 능력은 실로 어마어마하지만, 동작이 크고 단순해서 빨리 움직여 피하는 것이 가능하다.

수천 명의 유저들이 드래곤을 상대로 싸울 때에는 공격 한 번에 쓸려 나가지만, 혼자라면 도망칠 수 있었다.

-도망치지 마라! 얼음 창살!

쩌저적!

위드의 주위에 얼음의 기둥들이 솟구치기 시작했다.

"이런, 젠장!"

도로가 갈라지고 얼음 기둥이 튀어나와서 연속으로 폭발했다. 반경 300미터가 빙판으로 변하면서 얼음의 잔해가 땅에 깔렸다.

위드는 몇 발자국 걸어가긴 했지만, 발이 땅에 달라붙으면
서 이동속도가 감소했다.

어쩔 수 없이 얼음 기둥을 밟고 높게 도약했다.

-이번엔 걸렸구나!

날쌘 찬바람 : 바로 뒤로 올 것 같습니다.

추가되는 설명은 없었지만, 직감적으로 무슨 일이 벌어질
지 알 수 있었다.

콰과광!

케이베른이 대지를 박찼다. 그러고는 주둥이를 벌린 채 위
드를 향해 온몸을 날렸다.

절대적인 위기!

"콜 데스 나이트 반 호크, 콜 뱀파이어 토리도!"

"불렀는……."

"부름을 받고……."

"드래곤을 막아!"

위드는 반 호크를 그대로 케이베른의 입안으로 던졌다.

고위급 언데드라고 하지만 어비스 나이트였더라도 단독으로 드래곤과 대적하는 건 불가능했다. 하지만 노림수가 있었다.

-푸훽!

케이베른이 입안으로 들어온 반 호크를 내뱉으며 길길이 날뛰었다.

-하찮은 언데드 주제에 내 입을 더럽히다니!

드래곤이 매우 싫어하는 언데드!

데스 나이트나 스켈레톤이나 드래곤 입장에서는 마찬가지라서, 잠깐이라도 입안에 들어온 것을 불쾌해했다.

"주인을… 지켜야 한다."

반 호크는 땅바닥에 내뱉어진 후에도 충직하게 검을 들었다.

거대한 블랙 드래곤에 맞서는 데스 나이트!

오래된 망토는 갈기갈기 찢어져서 휘날리고 투구와 갑옷마저 온전하지 않았으나, 결의가 느껴졌다.

"암흑 투기!"

반 호크는 시커먼 투기를 일으키면서 공격력을 증가시켰다.

"파탄의 돌격!"

콰직!

용감하게 케이베른에게 달려든 반 호크는 한 방에 짓밟혀 역소환을 당했다.

그사이에 위드는 박쥐로 변한 토리도의 발에 매달려 얼음 창살 지대를 무사히 벗어날 수 있었다.

−도망치도록 놔두지 않는다!

케이베른은 얼음 기둥을 몸으로 부수면서 다시 쫓아왔다.

바닥에 미끄러운 빙판이 형성되어 있었지만, 그것을 밟아서 모조리 파괴하며 집요하게 추적해 오는 광경.

"토리도, 너도 할 일이 있다."

"드래곤에게 덤비라는 것 빼고는 뭐든 말해라, 주인."

"그걸 해."

"차라리 내 송곳니를 뽑아라."

"송곳니 뽑고 드래곤한테 던질까?"

박쥐로 변해서 날던 토리도는 뱀파이어로 모습을 바꾸었다.

"피의 폭주!"

−뱀파이어 따위가… 연쇄 폭발!

케이베른을 2초 정도 지연시켰지만 마법 공격에 의해 산산이 타 버리고 말았다.

−드워프 주제에 잘도 도망치는구나! 붕괴! 붕괴! 붕괴!

위드가 도망치는 길이 30미터씩 아래로 푹푹 꺼지기 시작했다.

건물들과 함께 무너지는 땅!

장애물 경기를 하는 것 같았지만, 등 뒤에서는 케이베른이 바짝 뛰어오고 있었다.

"네발 뛰기!"

방향을 바꿔 가며 공중으로 뛰며, 연속으로 차원문을 통과하며 혼란을 일으켰다.

케이베른은 미꾸라지처럼 도망치는 위드를 보며 표적형 화염 마법을 사용했다.

ㅡ불이여, 응답하라. 나의 적을 태워라!

사방에서 불의 기운이 밀려들어 와서 위드의 몸을 태웠다.

"끄아아아아아아악!"

ㅡ더 고통스러워해라, 이 미천한 드워프!

"꺅꺅. 우와아아아아악!"

위드는 몸에 불이 붙은 상태에서도 정면을 주시하며 힘차게 달렸다.

ㅡ불의 정화에 의한 피해를 입습니다.
　생명력이 매초마다 570씩 감소합니다.

'이 정도면 크게 남는 장사지.'

사실, 불꽃의 성배 때문에 화염 피해를 별로 안 입었다. 일부러 아픈 척을 하면서 빙룡 광장을 향해 달리는 것이다.

연기 대상도 탈 수 있을 정도로 리얼한 모습.

불덩어리가 되어 고통스러운 듯이 발을 휘청거리고 땅을 한 바퀴 구르기까지 했다. 그러면서도 교묘하게 차원문을 통과하며 열심히 달렸다.

－이제 그만 거기 서라! 영혼 속박!

－영혼이 강제로 속박됩니다.
　이동속도가 85% 감소합니다.
　현재의 위치에서 멀어질수록 전투 능력과 생명력이 감소합니다.

빙룡 광장을 고작 400미터 정도 남겨 놓고 걸린 속박 마법!
아직 얼음 창살의 영향도 완전히 풀리지 않은 상태였다.
위드는 차원문을 이용하며 달렸지만 속도가 거북이처럼 느려졌다.

날쌘 찬바람 : 케이베른이 빠르게 접근하고 있습니다.

땅의 흔들림을 통해서도 케이베른이 다가오는 기척이 느껴졌다.
모라타의 도로가 깨지고, 건물들이 드래곤의 몸에 부딪쳐서 마구 부서지고 있었다.
'어떻게 한다… 찰나의 조각술로 빠져나간다면?'
드래곤과의 전투는 이제 막 시작되려고 하는데 벌써부터 시간 조각술을 사용하기에는 아까웠다.

―드디어 잡혔구나!

잠깐 망설이는 동안 어느새 케이베른이 바로 뒤까지 쫓아 오고야 말았다.

거대한 드래곤의 돌진은 지상이라고 해도 무시할 수 없을 정도로 빨랐다.

날쌘 찬바람 : 케, 케이베른이… 어서 피하셔야 됩니다!

"이렇게 되면 이판사판인데……."

위드가 뒤를 돌아보니 케이베른의 주둥이가 쩍 하고 벌어 져서 빠르게 다가오고 있었다.

입안의 송곳니가 선명하게 보이고, 역겨운 입 냄새까지 퍼 져 왔다.

오베론 : 위드 님! 접니다!

그 순간, 구원처럼 들리는 목소리가 있었다.

슈유유우우욱!

바람을 가르며 날아오는 강철의 창!

오베론이 던진 창이 드래곤의 왼쪽 눈을 아슬아슬하게 빗 나가며 얼굴을 맞혔다.

―드워프! 또 드워프로구나!

케이베른이 얼굴에 상처를 입고 분노를 터트렸다.

빙룡 광장에서 기다리던 헤르메스 길드도 어느새 건물의
지붕마다 배치되어 있었다.

"여기서부터는 우리가 맡지."

바드레이가 선언하듯이 말했다.

아르펜 제국으로 합류하게 된 헤르메스 길드.

로열 로드 최강의 전사들이라는 자부심은 그대로 남아 있
었다.

'대륙 전부와 싸워서 졌다. 그것은 다른 어떤 길드도 할 수
없는 일.'

'아르펜 제국의 대영주들이라고? 그들이 뭔데? 하벤 제국
시절에는 우리 앞에서 고개도 들지 못하던 자들이 좋은 세상
을 만났군.'

'헤르메스 길드는 최강이다. 우리의 세상은 다시 온다. 오
게 만들고야 만다.'

바드레이를 중심으로 아크힘, 보에몽, 그로비듄, 가우슈,
라미프터 등등.

대륙 전역에 이름을 날리는 유저들이 헤르메스 길드에는
흔하다.

하벤 지역을 지키며 자신들의 세력을 유지하기 위해, 아르펜 제국으로의 합류를 선택했다.

헤르메스 길드가 찢겨 나가고 약해지리라는 라페이의 우려는 충분히 들었다. 나름 이해가 가는 부분도 없지 않았다.

'그래도 모든 일이 예상대로만 재미없게 흘러가는 것은 결코 아니지.'

'칼을 쥐고 있으면 무슨 일이 벌어지더라도 대처할 수 있다. 우리가 무너졌던 것처럼 아르펜 제국도 그러지 않으리란 법도 없고.'

'우리가 최고다. 아르펜 제국 내에서 세력을 확대하고 다음 기회를 노린다.'

헤르메스 길드의 군단장들, 영주들은 포기하지 않았다.

가르나프 평원에서 지고 난 이후에는 좌절하기도 했지만, 자신들의 상황이 그렇게까지 나쁜 것도 아니었다.

최고의 실력자들이 즐비하게 모여 있는 최강의 세력.

드래곤 사냥에서 모든 유저들이 열광할 수밖에 없는 힘을 보여 준다면 헤르메스 길드의 이름은 다시 빛날 수 있다.

당분간 아르펜 제국의 영향력 아래에 있어야 하겠지만, 다른 대영주들과의 경쟁은 우습기만 했던 것이다.

"모두 출격 준비."

바드레이의 말이 떨어졌을 때에는, 헤르메스 길드원들은 전투준비가 끝나 있던 상태였다.

드래곤이 엄청난 파괴를 할 때에도 두려움보다는 숨을 죽인 채 기다려 왔다. 완벽한 포위망만 갖춰진다면 충분히 해볼 만하다고 생각했다.

가우슈는 죽음의 창을 손에 들었다.

"렌슬럿에게는 미안하지만… 그와 위드는 존재감이 다르지. 위드를 살리기 위해 빙룡 광장에서 조금 움직인 정도야 이해해 주겠지."

학살자 칼쿠스도 양손에 2개의 검을 뽑아 들고 있었다.

하나의 검은 드래곤의 몸에 박아 놓기 위한 것. 꾸준히 상대의 피와 생명력을 흡수해서 공격력이 강해지는 마검이다.

창고에 오랫동안 봉인해 놓았던 무기인데 드래곤과의 전투를 위해 꺼내 왔다.

"렌슬럿은 버릴 수 있지만, 우리 헤르메스 길드의 미래를 위해 위드 님은 아니죠."

드래곤과의 전투에서 위드가 죽고 헤르메스 길드가 이긴다면 어떻게 될까. 그렇지 않아도 비호감인 그들은 온갖 흉흉한 소문에 휩싸이게 될 것이다.

바드레이 : 누구도 의문을 갖지 못하도록 힘으로 증명한다. 그게 내가 이끄는 우리 길드의 방식. 모두 동의하는가?

헤르메스 길드원들의 뜻은 드래곤을 상대로 싸워서 승리

하는 것으로 모였다.

그 외에는 어떤 가능성도 생각하지 않는다.

물론 드래곤과 싸우면 당연히 이길 것이라는 확신도 가지고 있었다.

자신들은 로열 로드 최강의 전사들이었으니까.

'믿을 수 있는 건 나의 검이다.'

무신 바드레이가 그들을 이끈다.

정치나 세력 확대, 여러 가지를 생각하긴 해도 그들은 언제나 패도의 길을 걸어왔다.

위드는 헤르메스 길드가 공격을 개시하면서부터 슬그머니 벗어날 수 있었다.

"싸움 구경이란 언제나 재미있는 법이지."

헤르메스 길드와 블랙 드래곤 케이베른!

이 얼마나 흥미진진한 승부란 말인가.

전장이 목표로 했던 빙룡 광장이 아닌 상가들이 밀집한 번화가이긴 했지만 어차피 전투가 벌어지는 순간에 평지로 변해 버리고 말리라.

"기사단 돌격!"

헤르메스 길드의 기사단이 창을 들고 달리기 시작했다.

푸힝!

전투마에게는 안대와 귀마개가 덮여 있었다.

드래곤의 위압을 느끼지 못한 채 기사의 명령에 따라 돌격하게 하기 위해서였다.

골목골목 내달려 간 기사들이 큰길로 모여 드래곤에게 돌진했다.

"전원 거창!"

"던져!"

기사들이 창을 힘껏 드래곤에게 날렸다.

-휘몰아치는 불길, 전역 천둥!

케이베른도 화염, 벼락, 흑마법, 얼음, 바람 계열의 고위마법들을 마구 터트렸다.

최소 수십 미터에서 수백 미터 반경에 이르는 광역 마법들이 엄청난 파괴를 일으켰다.

쿠르르르.

모라타의 건물들이 모래성처럼 무너지고, 기사들이 튕기고 쓰러져 나갔다.

번개가 떨어질 때마다 도로가 깊게 파이고 흙더미가 날렸다.

감전된 유저들은 수십 명씩 쓰러지기도 했다.

"위험하더라도 가까이 달라붙어!"

"날개가 우선 목표야! 몸은 때리지 말고 날개를 노려!"

건물 지붕마다 수만 명의 헤르메스 길드원들이 모여들고 있었다.

땅에서 무기를 휘두르고, 하늘을 날아서 드래곤의 몸에 올라탔다.

"힘의 내려치기!"

"어디 맛 좀 봐라. 고통의 꿰뚫기!"

헤르메스 길드원들이 사용하는 스킬들은 화려하기 짝이 없었다.

대륙 전역에 명성을 떨친 랭커들이 흔히 보인다.

드래곤의 몸에 올라간 유저들이 두세 가지의 스킬들만 쓴다는 것도 눈에 띄는 점이었다.

중앙 대륙을 정복하며 마음껏 익힌 강력한 전투 스킬들. 헤르메스 길드는 드래곤을 상대로 관통력이 높은 스킬들을 위주로 쓰고 있었다.

위드는 멀찌감치 떨어져서 구경하며 감탄했다.

"잘 싸우긴 하네. 확실히 준비도 잘한 모양이고… 모범생들이 작정하고 시험 준비를 한 느낌이랄까. 저러니 중앙 대륙을 해 먹었지."

케이베른의 마법이 작렬할 때마다 100명이 넘는 이들이 죽어 나갔다.

-인간들 주제에… 바람의 절단!

그럼에도 몸을 사리지 않는 모습이, 헤르메스 길드의 명성이 괜히 생긴 게 아니라는 걸 증명하는 듯했다.

"해볼 만하다. 모두 덤벼!"

"드래곤을 죽이자! 그 영광은 내가 가질 것이다!"

가르나프 평원에서는 전투가 벌어지기도 전부터 사기가 최악을 넘나들었지만 준비가 갖춰진 지금은 달랐다.

아르펜 제국 1,000명의 영주!

한 번의 전투에서만 잘 활약하면 꿈에 그리던 영주의 자리를 차지할 수 있다. 충분히 목숨을 걸어 볼 만한 일이었다.

방송사마다 중계에 열을 올렸고 시청자들의 반응도 뜨거웠다.

-저게 바로 헤르메스 길드의 참모습이다.

-베르사 대륙을 제패하던 시절이 보이는 것 같음.

-그래도 북부는 못 먹었죠. 탈탈 털림.

-소수 정예… 그러니까 소수도 아니지만 아무튼 최강의 집단인 건 확실함. 드래곤을 상대로 저 정도로 싸우는 건 아무나 못하죠.

-중앙 대륙 유저들로 구성된 타격대도 잘 싸워요.

-에이… 그래도 수준 차이는 있음. 헤르메스 길드는 보스 몬스터 레이드만 수천 번은 했을걸요.

시청자들의 환호까지 자아낼 정도로 드래곤을 상대로 멋지게 싸웠다.

마법에 휘말리거나 꼬리에 채어서 죽는 헤르메스 길드원들이 보일 때마다 전투의 열기가 한층 뜨거워졌다.

─하찮고, 미련하구나! 인간들 따위가 나를 이길 수 있을 것 같으냐!

케이베른의 발길에 차이는 모라타의 건물들. 제법 멀리 떨어진 건물들도 충격과 마법의 여파로 연달아 허물어졌다.

"크윽, 내 피 같은 건물들이……."

위드는 돈이 공중으로 사라진다는 것을 느끼며 절규했다.

전투 구경이 세상에서 제일 재밌다지만 하필이면 전장이 모라타!

─정말 가소롭기 짝이 없구나! 모두 죽어라!

집중 공격을 받던 케이베른이 포효하며 드래곤 피어를 터트렸다.

─드래곤 피어에 의해서 신체 능력이 제약을 받습니다.
　절대적인 위엄과 두려움을 느낍니다.
　생명력이 36% 감소합니다.
　일시적으로 신체에 마비 증상이 일어납니다.
　이동 제약!
　9초 동안 움직일 수 없습니다.
　부족한 지혜로 스킬 사용이 87% 제약을 받습니다.
　더 많은 마나를 소모하며, 실패 확률이 상승합니다.

잘 싸우던 헤르메스 길드원들이 일시에 마비와 공포 상태에 빠져들었다.

도로가 줄줄이 밀려나면서 파괴되고, 건물들은 또다시 일제히 주저앉았다.

"드, 드래곤 피어……."

"와… 이거 엄청나네!"

모라타에 있던 구경꾼들은 멀리에서도 숨이 답답해져 오는 것을 느끼고 그대로 쓰러져서 목숨을 잃었다.

미처 대피하지 못한 반경 1킬로미터 내의 초보 유저들이 떼죽음을 당했다.

헤르메스 길드원들도 생명력이 상당히 줄어들었다.

그럼에도 처음 당하는 것도 아니라서 대비가 되어 있었다. 투지를 높여 주는 장비들을 사전에 갖춰 놓았고, 사제들의 축복 마법을 받고 빠르게 다시 몸을 움직였다.

"드래곤이 마나를 회복할 여유를 주지 말고 계속 공격해야 해!"

군단장들의 지휘 아래에 헤르메스 길드원들은 계속 덤벼들었다.

이미 시작된 전투.

드래곤이라는 대적을 상대로 전력을 다하고 있었다.

방어탑에 설치된 마법공학 대포도 작동을 시작했다.

"발사해!"

빛의 포탄들이 날아와서 드래곤의 거대한 몸에 박혔다.

"궁수 부대. 사격!"

가까이 접근해서 직접 싸우는 이들과, 지붕마다 배치된 궁수들의 일제 화살 공격. 마법사들도 주문을 외우면서 드래곤에게 매초마다 수백 개의 마법들을 쏘아 댔다.

블랙 드래곤을 상대로 무서울 정도의 화력이 집중되고 있었다.

"이 정도면 전쟁이네. 하필이면 모라타가 전투 장소라서 아쉽기는 하지만."

위드는 파괴되는 건물들을 보며 마음이 아팠다.

도시 곳곳의 판자촌은 불에 타서 검은 연기를 뿜어내고 있었다. 드래곤 주변의 건물들도 전부 무너져 내렸고, 마법들이 연달아 터지고 있었으니 눈에 보이는 건물들 중에서 멀쩡한 곳은 거의 없었다.

"드래곤만 이긴다면 뼈를 팔아서라도 복구할 수 있겠지."

가장 단단한 무기 재료가 되는 드래곤의 뼈.

헤르메스 길드와의 협상을 통해 드래곤의 시체에서 얻을 수 있는 재료들은 도시 복구에 먼저 쓰기로 했다.

"순진한 인간들… 어디 가서 사기라도 당하는 건 아닌지 모르겠군."

물론 그 과정에서 공사비 부풀리기 등으로 상당히 많이 빼돌리는 것은 인지상정!

중앙 대륙을 정복했던 헤르메스 길드라고 해도 어디서 예산 빼돌리기 같은 걸 당해 본 적은 없었으리라.

페일 : 타격대는 전투 대기 중입니다. 헤르메스 길드는 희생의 화로를 안 쓰고도 진짜 잘 싸우네요.

페일이 전설급의 궁수 갑옷과 세계수로 만든 하이 엘프의 활을 착용하고 타격대의 원거리 부대를 이끌었다. 세계수의 활은 이번에 엘프들을 구해 주고 나서 얻은 것이었다.
위드는 케이베른에게서 눈을 떼지 않고 말했다.

위드 : 음, 타격대를 꾸준히 성장시키긴 했지만 헤르메스 길드가 여전히 전투력이 월등해 보이는군요. 보스급 몬스터를 저들보다 더 잘 잡을 수 있는 이들은 없을 겁니다.

헤르메스 길드원들이 죽을 때마다 속이 시원하긴 했지만, 케이베른을 빨리 사냥하는 것도 원했다.

페일 : 슬슬 희생의 화로를 쓰는 2단계로 넘어가야 할 때 아닌가요?
위드 : 그건 바드레이나 아크힘이 판단할 겁니다.

헤르메스 길드는 아직 희생의 화로를 쓰지 않았다. 어디까지나 현장에서 직접 판단해야 할 문제.

위드 : 드래곤의 마나를 최대한 소모시켜 놓는 것도 괜찮겠죠. 전투 규모가 좀 크긴 하지만요.

페일 : 케이베른이 계속 지상에서 싸워 줄까요?

위드 : 지금까지의 상태로 봐서는 계속 싸울 것 같습니다. 흑마법을 믿고 있을 테니까요.

헤르메스 길드의 공격이 거세지만, 드래곤이란 워낙에 강대한 생명체.

마법 공격은 화려함에 비해 위력이 거의 전달되지 않고 있었다.

케이베른이 여전히 지상에서 싸우는 데는 여유가 있기 때문이리라.

-어둠의 해일!

케이베른이 궁극의 흑마법을 사용했다.

전투를 치르면서 잃어버린 생명력과 죽은 이들을 제물로 발동시킨 흑마법.

어둠이 물결치듯이 퍼져 나가면서 헤르메스 길드원들의 생명력을 빨아들였다.

"신성 장벽!"

"거룩한 보살핌!"

"마법 반사!"

헤르메스 길드에서는 어둠의 해일에 대해서 대비가 되어

있었다. 사제들의 축복과 보호 마법으로 견뎌 낸 이들도 많지만, 그럼에도 1,000명이 넘는 유저들이 죽어 나갔다.

무지막지한 흑마법에 의해 병력이 크게 줄어든 것이다.

"물러서지 말고 달라붙어!"

"몸을 타고 올라가."

헤르메스 길드의 전사들은 마법 공격을 보고서도 과감하기 짝이 없었다.

대형 마법이 발동된 직후를 기회로 삼아서 드래곤의 다리와 날개를 타고 기어올라 갔다.

"내가 슬래터다! 충격 분쇄!"

"어디 이 울타르의 섬광의 꿰뚫기도 받아 봐라!"

-꺼져라!

케이베른이 몸을 뒤틀고 날개를 펄럭여도, 매달린 전사들의 공격은 멈추지 않았다.

거머리처럼 떨어지지 않는 유저들.

드래곤이 잠시만 빈틈을 드러내도 헤르메스 길드원들은 몸을 타고 올라가며 공격을 퍼부었다.

-지긋지긋하다. 절대 폭발!

케이베른이 이번에는 화염 계열의 궁극 마법을 터트렸다.

바로 가까운 곳에서 작은 붉은 점이 생성되더니, 급속도로 퍼지면서 대폭발을 일으켰다.

헤르메스 길드원 수백 명이 슬래터와 울타르와 함께 잿더미가 되어서 사라졌지만 그보다 더 많은 이들이 다시 덤벼들었다.

"바람의 길!"

"검의 수호자!"

"별의 기원!"

사제의 축복을 받은 유저들이 창을 던지고 검을 휘둘렀다.

케이베른이 한 번의 공격을 할 때마다, 땅과 하늘에서 수백 명이 피해를 입고 있었다.

"크음, 굉장하군."

"역시 헤르메스 길드입니다."

미블로스와 드라고어, 미레타스는 멀리 떨어진 황소 광장의 마탑에서 전투를 구경하고 있었다.

건축가, 재봉사, 농부의 정점을 찍은 이들.

넉넉하게 3~4킬로는 떨어진 장소였지만, 드래곤의 덩치가 워낙 커서 잘 보였다.

"뭐가 날아온다."

"피해요!"

가끔은 마법도 날아와서 인근 지역을 타격했다.

십여 채의 건물이 무너지며 화재가 크게 일어나긴 했지만 금방 유저들이 몰려들어서 꺼 버리는 모습.

미레타스가 궁금하다는 듯이 물었다.

"사람이 많네요. 모라타에 도대체 몇 명이나 남아 있는 겁니까?"

"잘은 모르지만… 제 주변의 사람들은 대부분 남았습니다."

드라고어의 주요 활동 무대는 모라타였다.

많은 유저들을 알고 있었는데, 그들 대부분이 구경을 포기하지 못하고 가까운 곳에 머물렀다.

"죽을 수도 있을 텐데……."

"이런 구경은 돈 주고도 보기 힘든 것이잖습니까. 언제 다시 드래곤과 싸울지도 모르고요."

미블로스는 내내 이마를 찌푸리고 있었다.

"케이베른을 정해진 장소로 끌어들이지 못했습니다. 빙룡 광장에 만들어 놓은 함정은 쓰지 못하겠군요."

건축가들은 이번 전투에 많은 준비를 해 놓았다.

시가전이 벌어질 때를 대비하여 건물을 보강하고 방어 시설을 만들어 놓기도 했지만, 빙룡 광장에는 특별한 함정을 팠다.

케이베른이 오기만 한다면 광장 전체를 무너뜨릴 셈이었다.

지하에는 뾰족한 작살들이 거꾸로 꽂혀 있었는데, 모라타의 대장장이들이 협력해서 만든 초고강도 합금!

대륙 전역에서 구해 온 저주받은 유물들을 가지고 주술사들이 대형 몬스터를 약화시키는 의식도 치러 놓았다.

건축가들과 대장장이들이 마련한 회심의 작품이었는데 유감스럽게도 쓸 수 없을 것으로 보였다.

"오, 다시 쏜다!"

"발사다."

모라타에서 구경하는 유저들은 볼 수 있었다.

도시의 각 지역에 설치해 놓은 마법공학 대포!

마나를 충전해서 쏘는 대포들이 케이베른을 향해서 일제히 눈부신 빛을 뿜어냈다.

-쿠와아아악! 인간들, 쥐새끼처럼 준비해 놓았구나.

케이베른의 몸에 마법공학 대포의 포환이 적중했다.

마법공학 대포
마법사들의 마나를 충전하여 무속성의 원거리 발사체를 쏠 수 있다.
물리 피해는 약하지만, 매우 강력한 관통력을 가짐.

마법공학 대포의 빛이 적중할 때마다 거대한 드래곤의 몸이 휘청하며 밀려났다.

보석을 펼쳐 놓은 것만 같은 드래곤의 비늘도 일부가 깨졌다.

헤르메스 길드가 고대 유물이 있는 던전에서 발굴한 물건.

지금까지 꺼내지 않았던 이유는 별다른 게 아니었다. 굳이 사용할 필요가 없어서였다.

전쟁에서는 마법사들의 마법 공격이 훨씬 효과적이었고, 다양한 용도로 운용할 수 있었다.

마법공학 대포는 고정된 위치에 설치해야 했고, 무거워서 운반도 까다로웠으며, 운용에도 막대한 마나를 소모한다.

장점이 있다면 웬만큼 강력한 적의 방어력도 꿰뚫을 수 있다는 것인데, 그래서 지금까지 일반 몬스터에게는 쓸 일이 없었다.

"4포대, 5포대. 발사!"

아크힘의 지휘 아래에 마법사들이 연신 마나가 충전된 대포를 발사했다.

-다 죽여 주마!

케이베른이 마법공학 대포가 있는 곳으로 발걸음을 옮겼다.

지상의 헤르메스 길드원들은 계속 공격을 하고, 다리와 등을 타고 오르기도 했다.

전쟁!

드래곤을 상대로 완벽한 전쟁이 펼쳐지고 있었다.

"드래곤의 연기력이 대단하군. 처음 싸우는 거라면 속아넘어갔겠지만."

바드레이는 헤르메스 길드원들이 싸우는 모습을 냉정하게 지켜보았다.

케이베른이 지상에서 싸우는 이유가 무엇인가.

지독하게 공격적인 성향을 가진 블랙 드래곤답게 스스로의 상처까지 제물로 바치면서 흑마법을 빠르게 충전하기 위함이었다.

"어느 순간이 되면 피해를 되돌려주는 운명의 거울이나, 생명력을 흡수하는 마법을 쓸 테지."

헤르메스 길드에서는 드래곤과 흑마법에 대해 철저하게 분석했다.

희생자의 생명 흡수.

시체들로부터 생명력을 빨아들이는 흑마법.

드래곤의 막대한 생명력을 단숨에 채워 줄 수 있는 궁극의 흑마법이다.

네크로맨서들이 언데드로부터 조금씩 생명력을 전달받는 것과는 차원이 다른 위력을 가졌지만 제약도 있었다.

모든 역사서들을 뒤져 가며 발동 조건들을 확인해 보니, 매우 많은 시체들이 필요하고 엄청난 마나를 소모하게 된다.

"움트고 있는 생명력, 그 전부를 보여 다오. 뷰 라이프 포스!"

네크로맨서 그로비듄은 가장 먼저 스스로의 레벨과 생명력을 희생의 화로에 바쳤다.

레벨을 1,000으로 맞추고, 흑마법의 의식으로 제물까지 바치며 드래곤의 생명력을 강제로 확인했다.

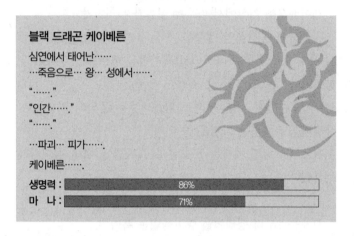

블랙 드래곤 케이베른

심연에서 태어난……

…죽음으로… 왕… 성에서…….

"……."

"인간……."

"……."

…파괴… 피가…….

케이베른…….

생명력 : 86%

마 나 : 71%

그로비듄은 드래곤의 상태를 확인하고 길드 채널에 말했다.

그로비듄 : 생명력 86%, 마나는 71%가 남았습니다!

몇 개의 궁극 마법을 터트렸는데도 삼분의 이 이상이나 남아 있는 마나!

헤르메스 길드의 전사들과 마법사들이 공격을 퍼부었음에도 생명력도 조금밖에 줄여 놓지 못했다.

드래곤의 마법이 전장을 휩쓸고 있는 데다 높은 물리, 마법 저항 때문이었다.

바드레이나 헤르메스 길드에서도 당연히 그러리라 짐작했다.

레벨 500대의 유저들도 드래곤을 이기기는 불가능에 가깝다는 것을 가르나프 평원에서 이미 확인했었다.

헤르메스 길드에서 따로 추려 놓은 최정예들.

희생의 화로를 쓰기로 한 길드원들이 황소 광장에 모여 있었다.

"희생의 화로여, 레벨 50개와 생명력 10,000을 태울 테니 힘을 다오!"

"희생의 화로여……."

"희생……."

헤르메스 길드원들의 몸에 찬란한 불이 붙었다.

막대한 힘을 안겨 주는 희생의 화로!

레벨 500이 넘는 헤르메스 길드의 주력이 레벨과 생명력을 태우고 있었다.

"몸이 가볍네. 깃털처럼 가벼우면서도 뭔가 힘이 넘치고 강력한 느낌?"

"적응이 안 된다, 그냥 걸었는데도 훨씬 빨라져서. 스킬을 쓰면 어떤 느낌일까?"

"레벨의 격차를 고려하면 5~6배는 강해졌다고 봐야지?"

"무조건 드래곤에게 돌격이다. 이 정도면 제대로 싸울 수 있겠어."

희생의 화로를 쓴 유저들은 단단히 결의를 다졌다.

50개의 레벨을 태운다는 건 그들에게도 보통 결정이 아니었다.

전투에서 승리하든 패배하든, 잃어버린 손해는 되돌아오지 않는다. 그렇기에 반드시 드래곤을 잡아야 했다.

"그래도 모두 조심하자. 드래곤의 마법을 몸으로 견뎌 내기란 힘드니까."

"직접 맞지만 않으면 괜찮겠지?"

"난 워리어니까 물리적인 타격에는 견딜 수 있겠어."

거인 기사 보에몽이 그들을 이끌었다.

"아직 기다린다. 모두 알고 있겠지만, 우린 케이베른의 흑마법이 빠지는 순간 투입된다."

1만 명의 정예들이 가볍게 몸을 움직이면서 전장에 투입될 순간을 기다렸다.

"이걸 입으십시오."

그때 마판 상단의 상인들이 와서 장비를 늘어놓았다.

케이베른의 레어에서 입수한 물품들 중에 인간들이 착용 가능한 레벨 800대 이상의 장비들!

"저희에게 주는 겁니까?"

"그럴 리가요. 전투가 끝나면 반납해야 됩니다. 자, 여기 인수증에 서명도 하시고요. 나중에 다시 빌리고 싶으시면 마판 상단으로 문의해 주세요."

"장비를 빌릴 수 있나요?"

"공짜는 아니고요. 가격이 정해져 있습니다."

헤르메스 길드원들은 마판 상단의 장비들을 입으면서 감탄했다.

레벨 제한이 900대에 달하는 것도 있었기 때문이다.

무엇보다 인기가 높은 건 무기류였다.

강력한 무기와 공격력에 대한 갈증은 전사라면 누구에게나 있었다.

그사이에 빙룡 광장 인근에서는 케이베른의 흑마법이 발동되었다.

-운명의 거울!

"자, 자! 나가자. 이제부터 우리가 싸울 시간이다."

"출격!"

운명의 거울.

10분 동안 받은 피해만큼을 주위의 모든 이들에게 되돌려 주는 궁극의 흑마법!

전투를 벌이던 수많은 헤르메스 길드원들이 회색으로 변해서 한꺼번에 사라져 갔다.

그 직후, 케이베른은 예상대로 자신의 생명력을 보충하기 위한 마법을 사용했다.

-희생자의 생명 흡수!

케이베른은 전장에서 죽은 이들의 생명력을 한꺼번에 빨아들였다.

모라타의 구석구석에서 잿빛 기운이 솟구쳐서 일제히 드래곤의 몸에 흡수되었다.

상처투성이의 몸이 거짓말처럼 빠르게 회복되고, 깨진 비늘도 원래대로 돌아왔다.

지금까지 열심히 전투를 펼치던 이들에게는 깊은 절망감을 안겨 줄 정도의 완벽한 회복.

-인간들, 나의 위대함에 경배하라!

케이베른이 멀쩡해진 모습으로 포효를 터트렸다.

흑마법의 절대적인 위력이란 일반적인 마법의 기준으로는 설명할 수 없는 것.

블랙 드래곤은 공격력과 회복력을 동시에 가졌으니 그만큼 더 사냥하기 어려운 존재였다.

하지만 헤르메스 길드에서도 무척이나 이 순간을 기다려 왔다.

"모두 잘 참았다! 드디어 제대로 싸울 시간이 왔다!"

바드레이가 고함을 터트렸다. 그러자 헤르메스 길드원들이 응답하며 일제히 무기를 들어 올렸다.

"우리의 손으로 드래곤을 끝낸다!"

모라타의 건물마다 숨어 있던 헤르메스 길드원들이 튀어나오기 시작했다.

초반에 동원된 전력은 헤르메스 길드의 평균적인 수준. 화려한 기술들로 열심히 싸웠지만 헤르메스 길드의 모든 것을 다 내보인 것은 아니었다.

모라타라는 대도시. 이미 많은 유저들이 목숨을 잃었다.

드래곤이 흑마법으로 생명력을 흡수할 수 있기에, 탐색전을 하면서 시체들과 마나가 소비되기만을 기다렸다.

"돌격해!"

"이젠 드래곤의 최후다."

황소 광장에서 희생의 화로를 쓴 유저들이 비행 마법의 도움을 받아서 날아왔다.

바드레이가 검을 뽑아 들었다.

전설이 깃든 빙하의 검!

－빙하의 검을 무장하셨습니다.

검에서 전달되는 차가운 기운으로 생명력이 매초마다 100씩 감소합니다.
얼음 속성의 공격력이 120 추가됩니다.
연속 적중 시에 적의 마법 저항력을 약화시키고 완전히 얼릴 수 있습니다.
얼어붙은 적은 움직이지 못합니다.
대형 몬스터에게 4배의 피해를 입힙니다.
모든 스텟 +52.
5미터 반경의 적을 느리게 만듭니다.
인내력이 20% 향상됩니다.

스킬, 서리 지역, 눈바람, 빙설의 폭풍, 빙하 충격, 빙하의 숨을 사용할 수 있습니다.

빙하의 검이 잠들어 있습니다.
거친 전투로 검을 깨우면 적을 향해 얼음 계열의 마법이 무작위로 발동됩니다.

철혈의 워리어가 되면서 얻게 된 검.

헤르메스 길드의 창고에서도 이보다 더 좋은 검은 찾을 수 없었다.

빙하의 검을 잡은 손이 가볍게 얼어붙었다.

바드레이가 새하얀 서리가 낀 빙하의 검을 들고 외쳤다.

"총공격이다!"

헤르메스 길드원들이 내지르는 함성으로 모라타가 떠들썩해졌다.

"가볍게… 빙설의 폭풍!"

바드레이는 본격적인 전투의 시작을 위해 검에 봉인된 스킬을 시전했다.

대륙의 북부 지역에 불던 빙설의 폭풍을 불러일으키는 기술을 케이베른을 대상으로 사용한 것이다.

콰콰콰콰!

땅에서부터 시작된 폭풍의 바람이 케이베른을 타고 돌았다.

반경 500미터에서 얼음 조각들이 회전하며 드래곤의 육체에 상처를 입혔다.

"자연의 검!"

이번에는 검술의 비기로 하늘이 갈라진다.

쿠르르르르르!

하늘에서 심상치 않은 소리가 나더니, 수천 개의 벼락이 케이베른에게 내리꽂혔다.

-인간이 이런 힘을 가지고 있다니. 그러나 감히 건방지게 나에게!

케이베른조차도 깜짝 놀랄 정도로 강력한 공격 기술!

바드레이는 희생의 화로를 써서 레벨 1,100을 넘긴 상태에서 검술의 비기를 사용했다. 물론 자연의 힘을 강화하는 액세서리와 장비도 모두 착용하고 있었다.

여기에 희생의 화로를 쓴 1만 명이 전투를 위해 덤벼들었다.

드래곤을 정말 사냥할 수 있으리라 기대해도 될 만한 전력!

"나도 밀릴 수 없다."

"드래곤은 아무한테도 양보 못 해!"

"영주 자리가 눈앞에 보인다."

희생의 화로를 쓴 길드원들은 드래곤에게 거세게 돌진했다.

앞발로 후려치고 꼬리를 휘둘러도, 막아 내거나 뛰어넘으면서 물러나지 않았다.

"그럭저럭 견딜 만해."

"아프긴 하지만 한 대쯤 맞아 줘도 안 죽는다고!"

빙설의 폭풍과 천둥 벼락이 드래곤을 휩쓸었지만 어떻게든 버텨 내고 공격을 이어 나갔다.

둥! 둥! 둥!

마레이가 이끄는 바드들도 도시의 반대쪽에 자리를 잡았다.

　　우리는 노래하네
　　승리와 영광과 사랑과 미래를
　　밝음과 즐거움으로
　　내가 가진 용기로 일어서네

높은 건물들 사이에 무대를 숨기듯이 꾸며 놓았고 악기들도 설치되어 있었다.

〈광야의 연주〉.

바드의 비기를 사용하며 맑고 깨끗한 연주를 퍼뜨렸다.

　　세상을 파멸로 이끄는

어리석은 드래곤에 맞서는 이들이여

전사의 힘과 용기를

모든 이들이 노래하네

엄선하여 뽑은 1,000명의 바드들.

그들은 합동 연주로 헤르메스 길드원들을 격려했다.

"모든 고통과 부상을 낫게 하라. 신성한 회복!"

"치료의 손길!"

"천상의 빛!"

"소생!"

사제들의 지원도 사방에서 이루어졌다.

드래곤과 싸우는 헤르메스 길드원들의 몸에서 계속 빛이 번쩍이며 생명력과 체력이 보충되었다.

"피의 불꽃!"

"암흑 갑옷!"

"광란의 움직임!"

"어둠의 반격!"

샤먼과 주술사의 강화 주문도 뒤따랐다.

드래곤을 묶어 놓기만 한다면 모라타 전역에서 최상의 지원을 받을 수 있었다.

"케이베른!"

바드레이는 빙설의 폭풍과 내려치는 벼락을 뚫고 케이베

른에게 달려갔다. 그는 드래곤을 사냥하기 위해 갑옷을 포함하여 모든 장비들을 최고급품으로만 착용한 상태였다.

"탄생의 힘, 흑기사의 일격, 다른 하나의 검!"

전용 기술과 마찬가지인 스킬들도 사용하며 드래곤에게 덤벼들었다.

"섬멸의 창!"

"강화된 율법!"

"추적자의 화살!"

"꿰뚫는 섬광!"

그 순간에 맞춰 케이베른에게 무수히 많은 원거리 공격이 작렬했다.

바드레이와 그의 친위대.

헤르메스 길드원들이 모든 방향에서 한꺼번에 케이베른을 향해 뛰어들었다.

-인간들 따위가. 대파열!

케이베른도 당황하며 이번에는 화염 계열의 궁극 마법을 터트렸다.

거센 폭발과 불길이 수백 미터의 범위에 일어나며 헤르메스 길드원들을 휩쓸어 갔다.

그렇지만 몸에 불이 붙은 채로 뚫고 들어오는 전사들.

생명력의 피해가 크긴 해도 죽진 않았다.

-철혈의 피가 지독한 불길에 저항합니다.

생명력이 31,397 감소합니다.
궁극의 인내로 86%의 피해가 줄어들었습니다.
화염의 추가 피해가 사라집니다.

바드레이는 케이베른의 앞다리를 검으로 찍으며 등에 올라탔다.

"일점 공격술!"

단 한곳만을 노리는 기술!

위드가 사용하는 것을 본 이후 바드레이도 대형 몬스터에게 즐겨 사용하게 된 기술이었다.

"혼신의 타격!"

체력과 생명력을 소모하여 일시적으로 공격력을 4배 이상 끌어 올리는 스킬까지 썼다.

철혈의 워리어가 되자 더 많은 생명력과 체력을 보유하게 되었기에 주저함은 없었다.

바드레이가 검을 내려찍을 때마다 그 부위 주변이 얼어붙었다.

"바드레이 님을 지켜라!"

"드래곤의 관심을 끌어야 하니 무조건 공격해!"

헤르메스 길드원들은 지상에서 거세게 공격하고, 하늘에서도 바드레이를 따라 등과 머리에 많은 사람들이 달라붙었다.

-저리 꺼져라! 암흑 분출!

어둠이 자라나서 블랙 드래곤의 온몸을 뒤덮었다.

케이베른 자신의 생명력은 회복하고, 적들은 공격하는 마법.

아크힘 : 저 흑마법을 없애 버려!

"심판의 빛!"

"고결한 정화!"

"천사의 칼날!"

케이베른의 몸에는 헤르메스 길드의 성기사들도 달라붙어 있었기에 즉시 신성 마법을 사용하며 흑마법을 약화시켰다.

수백 개의 신성 마법이 케이베른의 어둠을 약화시켰다.

—떨어져라!

케이베른이 몸을 흔들고 날개를 펄럭였지만 추락하는 이들보다 더 많이 뛰어오르는 헤르메스 길드원들.

"다음 흑마법을 쓸 시간을 주지 말아야 한다."

"무조건 때려! 다른 사람이 공격할 수 있도록, 마나가 떨어진 사람은 물러나!"

드래곤을 둘러싸고 온 사방에서 사투가 벌어지고 있었다.

희생의 화로를 쓴 전사들은 날개를 집중적으로 공격했다.

먼 거리에서 날아오는 마법과 화살은 케이베른의 몸에 적중되어 폭발했다.

어쩌다 빗나가는 공격은 건물을 무너뜨리고 땅을 짓이겨 놓을 정도로 엄청났지만, 드래곤에게는 그리 큰 피해를 주지 못했다.

헤르메스 길드 소속 마법사들 역시 마나를 쏟아붓고 있었다.

바드레이는 빙하의 검으로 케이베른의 등을 내려찍으며 함성을 터트렸다.

"우리가 승리한다. 멈추지 말고 공격하라!"

그들이 칼질을 하고 창을 찌를 때마다 케이베른의 피해는 몇 배가 되었다.

희생의 화로를 쓴 헤르메스 길드원의 공격에 드래곤의 비늘이 부서지며 체액이 터져 나왔다.

그럼에도 케이베른이 날뛰자 그 발길에 차이고 꼬리에 얻어맞았다.

쿵! 쿵! 쿵!

또한 케이베른이 달리면 수백 명이 마구 짓밟혔다.

가우슈 : 희생의 화로를 사용한 유저들은 정면에서 막지 마라. 우리에게 필요한 건 방어력이 아니라 공격력이야!

희생의 화로를 쓴 이들은 좌우와 뒤로 돌아갔다.

정면을 막는 건 일반 길드원들이었다.

가장 위험한 전장으로 내몰린 셈이었지만, 그들은 방패를 겹쳐 세우면서 쉬지 않고 전진했다.

—쿠우와아아아아!

케이베른이 또다시 드래곤 피어를 터트렸다.

하지만 이번에는 바드들의 노래가 드래곤 피어의 효과를 약하게 했다.

희생의 화로를 쓴 이들은 약간의 두려움만 느꼈을 뿐, 금방 스킬을 사용할 수 있을 정도로 회복되었다.

"됐어! 충분히 사냥할 수 있어."

"드래곤을 처치하자. 내 몫이다."

1,000명의 영주는 희생의 화로를 쓴 1만 명 중에서 뽑힐 가능성이 높았다.

헤르메스 길드를 떠나지 못할 수뇌부를 제외하면 확률은 그보다도 훨씬 높아진다.

아크힘 : 마지막 순간까지 방심은 금물이다! 공격을 계속해!

모라타 방어전에 참여한 유저들은 알고 있었다.

희생자의 생명 흡수는 시체에서 강제로 생명력을 빼앗는 마법!

역으로 바꿔서 생각하면, 시체가 없는 지금은 케이베른이 생명력을 회복하지 못하게 된다는 뜻.

"구경하시는 분들은 모두 물러나세요!"

"이 지역을 완전히 벗어나 주십시오!"

건물마다 숨어서 구경하던 유저들은 재빨리 철수했다.

지금까지는 죽더라도 본인의 문제였지만, 이젠 전투에 휘말려서 죽으면 도리어 케이베른을 도와주는 셈이 된다.

"어서 성물들을 설치해!"

마판 상단에서 고용한 레벨 400대 이상의 유저들도 부지런히 뛰어다녔다.

아르펜 제국에서는 지금까지 쌓은 공헌도를 바탕으로 프레야 교단을 비롯하여 베르사 대륙에 있는 22개 교단에서 성물을 빌려 왔다.

목적은 케이베른이 사용하는 흑마법의 위력을 약화시키는 것!

드래곤 주변에 성물들을 설치하여 신성한 힘을 높이려고 했다.

–인간들이 이 정도로 준비를 했다니!

케이베른은 더더욱 분노했다.

마법을 연달아 쓰고 꼬리를 휘둘렀지만 전사들의 돌진은 거침이 없다. 드래곤의 강함은 절대적이었지만, 모라타라는 도시의 한복판에 내려온 것은 최악의 전투 장소를 스스로 선택한 셈이었다.

헤르메스 길드원들도 죽어 가긴 했으나 케이베른의 생명

력 또한 확실히 줄어 가고 있었다.

－인간들에게 숨겨 둔 힘이 있었구나! 그러나 나를 이길 수는 없다. 이젠 모두 사라질 것이다.

케이베른이 숨을 크게 들이마시기 시작했다.

인간들의 저항에, 최강의 공격 기술인 브레스를 사용하려는 모습.

"지금이다!"

"모두 끝까지 노립시다!"

헤르메스 길드원들에게는 약속된 시간이기도 했다.

희생의 화로로 레벨을 좀 높였다고 해도 브레스를 정면에서 맞으면 생존을 장담할 수 없다. 하지만 도망을 친다고 해서 살아남을 수 있는 것도 아니다.

"공격을! 최선의 공격을!"

보에몽이 미친 듯이 소리치며 양날 도끼를 휘둘러 드래곤의 발목을 내려찍었다.

흑마법을 쓴 직후와 브레스를 준비하는 짧은 시간이 가장 무방비한 상태.

바드레이와 전사들도 가지고 있는 검을 들어 드래곤의 몸을 힘껏 베었다.

"날개를 잘라 버려!"

드래곤의 거대한 육체를 공격하는 전사들.

헤르메스 길드원들이 마구 내지르는 공격이, 브레스를 준비하는 드래곤을 만신창이로 만들어 갔다.

위드는 멀리서 전투를 구경하며 연신 감탄했다.

"정말 기가 막히게 잘 싸우네."

헤르메스 길드의 전투는 볼수록 멋진 장면들이 많이 나왔
다.

드래곤을 상대로 몰아치는 전투를 어느 집단이 할 수 있
을까.

바드레이를 절대적으로 따르며 사기도 높았다. 심한 부상
을 입어 갑옷이 깨져도 계속 싸운다.

물론 희생의 화로를 사용한 것이 결정적으로 작용하기는
했으리라.

"전투 계획도 잘 짰고… 여기까진 생각대로 잘 굴러왔어."

모라타를 미끼로 드래곤을 지상으로 끌어들인다.

드래곤이 흑마법을 사용할 정도로 적당히 힘을 빼 놓은 후
에 진정한 병력을 투입!

희생의 화로를 쓴 전사들이 중심이 되어 드래곤을 처치하
는 것이었다.

"확실히 드래곤을 상대하는 방식으로는 이보다 더 나은 걸
찾기도 어렵겠지."

위드라면 저런 식의 전투를 준비하긴 어려웠으리라.

상당히 많은 헤르메스 길드원들이 목숨을 바쳐야 하는데, 이는 지휘 체계를 확고하게 갖춰 놓아야만 가능한 일이었으니까.

잃을 것이 적은 초보 유저들이 군중심리에 휘말려서 돌격하는 것과는 의미가 달랐다.

"드워프들만 이끌고 드래곤과 싸웠다면 이기기 힘든 어려운 싸움이 되었을 거야."

헤르메스 길드에서는 10배나 되는 병력이 희생의 화로를 썼고, 후방 지원도 넉넉했다.

"이대로라면 모라타가 케이베른의 무덤이 될 가능성이 높아 보이는군."

위드는 한편으론 아쉬움도 느꼈다.

드래곤은 너무나 쉽게 함정에 빠져서 전투력을 제대로 발휘하지도 못하고 있었다.

인간들과 비교할 때 견줄 수 없을 정도로 막강한 마법사이자 초대형 생명체!

그럼에도 자신이 가진 능력을 제대로 발휘하지 못하고 있었다.

―위드 님, 헤르메스 길드가 드래곤 사냥에 성공할 것 같은데요.

―그렇게 보이기는 하네요. 그래도 드래곤입니다. 일방적으

로 당하지만은 않을 거예요.

페일의 의견에 동의하면서도, 위드는 너무 일이 술술 풀려서 꺼림칙한 기분이 강하게 들었다. 인생을 살다 보면 이런 느낌이 들 때가 가장 위험한 일이 벌어지던 때였다.

-왠지 뭔가 꺼림칙한데…….

-위드 님이 입버릇처럼 말씀하시던 이놈의 팔자 이론요?

-아직 잘 모르겠습니다. 제가 아닌 헤르메스 길드가 싸우고 있으니까요.

위드는 헤르메스 길드의 손에서 케이베른이 정리되는 것이 최상의 결과라고 생각했다.

드래곤만 해결되면 당분간 베르사 대륙을 위협하는 존재는 없을 테니까.

-근데 왜 이렇게 찜찜한 것일까.

-케이베른이 브레스를 쏘기 위해 준비하고 있습니다.

위드는 케이베른의 브레스에는 놀라지도 않았다.

당연히 예상했던 공격 방식이었고, 지금까지 헤르메스 길드의 대응도 훌륭했으니까.

브레스 공격에도 어떻게든 피해를 줄이면서 싸울 것이다.

그럼에도 이쪽도 구경만 할 수는 없었다.

-드래곤은 아직 한 번도 사냥된 적이 없는 존재입니다. 만약을 위해 타격대도 출동 준비를 해 주세요.

-알겠습니다.

－케이베른의 흑마법이 어디까지일지, 그리고 어떤 일이 벌어질지 모르니 방심은 당연히 하면 안 되겠죠.

　위드는 가능하면 자신은 희생의 화로를 쓰지 않고 전투를 끝내고 싶다는 생각을 했다.

　인간의 욕심이란 끝이 없는 법.

　이번 전투로 레벨이 떨어지지 않는다면 얻게 되는 이득은 엄청나다.

　'바드레이와 헤르메스 길드만 생고생을 하게 되는 거겠지. 이건 상상할 수 있는 최상의 결과야.'

　치사하고 염치없지만, 그럼에도 막타를 노리는 건 물론이었다.

　케이베른의 입에서 시커먼 브레스가 뿜어져 나왔다.

　정면의 헤르메스 길드원들을 집어삼키고 모라타의 건물들을 뒤덮었다.

　－모두 죽어라!

　블랙 드래곤이 고개를 돌리며 브레스를 넓게 뿌렸다.

　헤르메스 길드원들은 메뚜기가 튀어 나가듯이 피했지만 너무나 가까이 있었다.

　"옆으로 튀어!"

"하늘로 날아라!"

브레스의 반경에서 벗어난 사람들도 무사하기는 어려웠다.

대지가 녹아내리고 건물이 허물어졌다.

도시의 일부는 흔적조차 없어질 정도로 강력한 드래곤의 브레스.

전투를 위해 가까이 몰려 있던 헤르메스 길드원들의 피해는 환산하기도 어려울 정도였다.

최소 수천 명을 단번에 죽이며 드래곤은 위력을 유감없이 발휘했다.

"돌격해라!"

"진격의 뿔피리를!"

하지만 공포도 반복되어 익숙해지면 극복할 수 있는 법.

케이베른의 브레스에서 살아남은 자들은 기꺼이 자신의 권리를 누릴 자격이 있었다.

드래곤을 죽이면서 얻을 전투 업적도 탐낼 수 있고, 최고의 영웅으로 등극하게 된다.

위드와 바드레이조차 해내지 못한 일을 한다면 대륙 전역에 이름을 알릴 수 있는 상황이었다.

희생의 화로를 쓴 이들은 죽음보다 승리를 원했다.

그로비듄과 쟌, 그 외의 네크로맨서들도 전장에 개입했다.

"모두 피하십시오. 시체 폭발!"

"일어나라. 눈 감지 못한, 잠들지 않은 원혼들이여. 여기

살아 있는 그리고 너희를 죽인 자들에게 복수하라! 데드 라이즈."

브레스로 사망한 헤르메스 길드원의 시체가 연달아 폭발하고, 둠 나이트들이 일어났다.

"이게 무슨 짓이야?"

"시체 폭발에 휘말려서 부상자들까지 죽을 수 있는데!"

멀리 물러난 구경꾼들은 의문을 가졌지만, 이것도 케이베른 사냥을 위해 준비된 한 수였다.

드래곤에게는 최고의 회복 마법인, 희생자의 생명 흡수를 막기 위한 방책!

모라타 방어전을 위한 회의에서도 이것에 대한 대책이 논의되었다.

"문제는 드래곤이 생명력을 계속 회복하는 겁니다. 드래곤과 싸우면서 죽지 않을 수는 없어요. 모든 유저들이 희생의 화로를 쓰더라도 그건 불가능할 겁니다."

"공격력을 더 강화해서 드래곤이 회복할 틈도 주지 않고 죽이면 되긴 할 텐데… 집중 공격을 해도 단기간에는 어렵습니다."

"드래곤의 마법 저항이 워낙에 높아서 전사들의 공격에 기대야 하는데, 시간이 걸리죠."

아크힘과 뮬의 우려에 위드는 간단한 해결책을 제시했다.

"흑마법에는 결정적인 약점이 있습니다. 공략만 제대로

하면 돼요. 네크로맨서 마법이 그렇듯이 희생자의 생명 흡수는 시체가 필요한 마법이잖습니까? 그럼 시체들을 날려 버리면 되죠."

"아……!"

시체들을 신성 마법으로 정화해도 되지만, 그보다 더 간단한 방법이 있었다.

드래곤을 상대로 한 전투에서는 모두가 쓸모가 없다고 봤던 네크로맨서들.

"시체 폭발! 시체 폭발!"

네크로맨서들은 필수로 시체 폭발 마법을 익히고 있었다.

기왕이면 주변에 피해를 주지 않기 위해 초보들이 동원되면 더 좋다.

그들이 바로바로 전장의 시체들을 터트려 버리면서 케이베른이 생명력을 회복할 수 있는 기회를 없애 버렸다.

케이베른과 가까운 곳에서 헤르메스 길드원들이 죽은 장소는 특별히 위험했다.

시체들이 많은 곳에서는 그로비듄이나 쟌이 언데드 소환으로 둠 나이트를 일으켰다.

"주인이시여, 명령을."

"적을 찾고 있다."

둠 나이트들은 네크로맨서들의 명령을 받아서 케이베른을 공격했다. 물론 가장 위험한 정면에서 관심을 끌며 죽어 가는 역할이었다.

헤르메스 길드원들은 전투에만 집중했다.

브레스를 쓰고 난 케이베른에게 바드레이를 위시하여 모두가 덤벼들고 있었다.

'할 수 있다.'

'드래곤 사냥에 성공하는 거야.'

달라붙어 싸우는 헤르메스 길드원들과 지원조, 전투에 투입되지 않은 타격대와 구경하는 유저들 모두의 머릿속에 승리라는 단어가 떠오르려고 할 무렵!

"움트고 있는 생명력, 그 전부를 보여 다오. 뷰 라이프 포스!"

그로비듄은 케이베른의 생명력이 54% 남은 것을 확인했다.

그로비듄 : 생명력이 절반밖에 남지 않았습니다. 이대로라면, 이대로만 치면 우리가 이깁니다!

헤르메스 길드원들의 마음에 투지가 가득 찼다.

강대한 드래곤을 상대로 승리를 거둔다.

모든 화력이 집중됐기 때문에 남은 절반의 생명력을 없애는 데도 그리 긴 시간을 필요로 하진 않으리라.

바드레이 : 모두 잊었는가. 우리가 헤르메스 길드다!

길드 채널에서 전해지는 바드레이의 메시지.

"후우와아아아아아아아아!"

"헤르메스 길드 만세!"

드래곤 사냥에 참여한 길드원들이 일제히 함성을 내지르며 더 맹렬하게 싸웠다.

"갑자기 왜 저래?"

"사기가 오른 것 같다. 정말 제대로 분위기 탔어."

타격대나 구경꾼들은 무슨 일인지 알지 못했지만 대충 짐작은 할 수 있었다.

바드레이를 따라서 싸우는 친위대의 모습.

드래곤과 근접전을 펼치며 갑옷이 깨어지고 부서졌음에도, 숱한 화살과 마법 공격에 의해 만신창이가 되어서도 싸우고 있었다.

영웅적이기까지 한 그 모습은 솔직히 기대도 하지 않았던 장면이었다.

−인간들 따위가 도전한 것을 후회하게 해 주마. 울부짖는 분노!

케이베른의 몸이 검붉게 변하더니 압도적인 힘을 발휘하기 시작했다.

정면에서 방패를 들고 압박하는 헤르메스 길드원들이 공격의 대상이었다.

꼬리로 치자 방패와 갑옷이 종잇장처럼 부서지며 레벨

400~500대의 길드원들이 목숨을 잃었다. 앞발로 차거나 머리로 들이받는 단순한 공격도 견디지 못했다.

"뭐지, 이게? 갑자기 터무니없이 강해졌어!"

"큭! 방패병들은 더 달라붙어! 활동할 수 있는 거리를 주면 모두 위험해!"

희생의 화로를 쓴 1,000대 레벨의 전사들마저도 발에 차이면 심각할 정도의 부상을 입거나 전투 불능 상태에 빠져들었다.

"너무 강해졌다!"

"막을 수 없으니 부딪치지 마."

케이베른이 발버둥을 칠 때마다 두려움에 질린 방패병 수천 명이 뒤로 밀려나는 모습.

케이베른은 실로 경이로운 육체적인 능력으로 헤르메스 길드를 밀어붙이고 있었다.

위드가 모라타 방어전의 주요 인물들이 들어온 채팅 방에 물었다.

위드 : 저게 어떻게 된 거죠?

아크힘 : 정확히는 모르겠습니다. 마법을 쓰더니 드래곤이 아주 강력해졌는데…….

울타르 : 그래도 괜찮습니다. 지금까지처럼 정면은 대충 견디고, 좌우로 우회하고 뒤를 노립시다. 이길 수만 있다면 피해는 감수해

도 됩니다.

그레놀 : 정면도 압박해서 막아야 합니다. 드래곤의 앞길을 뚫어주어서는 안 돼요!

막스 : 방패병들을 집결시킵시다. 케이베른을 완전히 봉쇄해야 합니다.

군단장들끼리의 대화에서도 어수선한 분위기가 흘렀고, 잠시 후에야 위드의 질문에 대한 답변이 왔다.

다인 : 쭉 지켜봤는데, 힘을 강화하는 유형의 마법인 것 같아요.

위드 : …….

다인의 대답.

그녀도 모라타의 어딘가에서 지켜보고 있었다.

위드는 오랜만이라서 약간의 어색함을 느끼며 정중하게 말했다.

위드 : 신체를 스스로 강화한 건가요?

다인 : 네. 샤먼의 마법에도 수준은 다르지만 비슷한 게 있는데요, 저런 위력이라면 흑마법이겠죠.

위드 : 딱히 제물을 바치거나 하지도 않은 것 같은데요?

다인 : 적의 숫자와 피해를 입은 생명력에 따라 힘이 증가하는

방식인 것 같아요.

마법으로 강화되니 케이베른의 육체적인 능력마저도 끔찍하기 짝이 없었다.

수백 미터짜리 드래곤이 발광을 할 때마다 인간들은 그대로 깔리고 차여서 목숨을 잃었다.

이것은 대재난의 현장.

"으우아아아악!"

"너무 강해."

등과 날개에서 유저들이 우수수 떨어지면서 그대로 발에 차이기도 했다.

'그럼에도 어쨌든 죽이기만 하면 돼. 큰 피해가 있더라도 드래곤만 죽인다면……..'

헤르메스 길드에서는 한 가지의 생각만을 하고 있었다.

케이베른의 생명력도 대략 절반 정도밖에 남지 않았다. 50개의 레벨을 소모하는 희생의 화로도 쓴 마당에 한 번 정도 목숨을 잃는 건 중요하지도 않으니 총력전이 답이었다.

"우린 공격을 계속한다. 조금도 망설일 필요가 없어."

바드레이는 여전히 드래곤의 등에 매달려 있었다.

드래곤의 거친 움직임에도 불구하고 체력과 마나를 있는 대로 소모하면서 스킬을 퍼붓는다.

100여 명의 길드원들이 같이 공격하고 있었는데, 이들도 절대적인 흥분 상태에 빠져들었다.

그들에게 사제들의 회복과 강화 마법도 집중되고 있었다.

"조금만 더하면 된다! 드래곤이 죽어 가고 있어."

"끝이 얼마 남지 않았다. 모두 힘을 내라!"

지상에서는 군단장들이 돌아다니며 소리를 질렀다.

날뛰는 드래곤의 몸에 올라타 있는 유저들은 주위를 돌아볼 겨를도 없었지만 동료들이 내는 소리는 들었다.

희생의 화로를 쓴 이들도 1명씩 드래곤에게 밟히거나 마법 공격에 의해 죽었다. 하지만 그들은 싸울수록 전투의 광기에 깊게 빠져들었다.

슬래터 : 이대로라면 죽일 수 있습니다.

**헤로이드 : 우리 공격이 제대로 먹힙니다. 무조건 공격입니다.
사냥 성공까지 얼마 안 남았습니다.**

여러 생각이 필요하지 않았다.

드래곤을 이기는 데 필요한 것은 오직 광기뿐이라는 것을, 그들 자신이 너무나도 잘 알았다.

전투가 끝날 무렵에는 대도시인 모라타가 심각하게 파괴되고 말리라.

헤르메스 길드원들도 숱하게 죽어 갔을 테지만, 안타깝지 않았다.

애초에 동료로서의 정이 부족하기도 했지만 드래곤을 사냥한다는 대업적이 정말 눈앞에 보이는 듯했기 때문이다.

그로비듄 : 현재 드래곤의 남은 생명력은 39%입니다.

무지막지한 방어력, 마법 저항력. 그것들을 뚫고 케이베른의 생명력이 떨어지고 있었다.

라미프터 : 정말로! 우리가 해낼 수 있을 것 같습니다.
보에몽 : 문제없습니다. 케이베른은 안식으로 돌아갈 겁니다.
가우슈 : 모두 정해진 위치를 사수! 드래곤을 향한 파상 공세는 전투가 끝날 때까지 계속되어야 한다.
그로비듄 : 시체는 생기자마자 처리하겠습니다.

모라타의 구경꾼들도 흥분하고 있었다.
"됐어, 헤르메스 길드가 잡는다!"
"아마도 그럴 듯. 좋네. 바드레이 진짜 강하고."
"크아아, 헤르메스 길드 진짜 명불허전이다. 드래곤도 죽이네."
"난 위드 님이 이겨 주길 바랐는데. 그래도 더는 베르사 대륙이 멸망할까 봐 걱정하지 않아도 되겠다."
"그건 나도 마찬가지지만."

절대 태양 마법은 이미 사라진 후였고, 도처에 발생한 불도 진압이 완료되었다.

남은 것은 드래곤이 최후를 맞이할 때까지 몰아붙이는 것뿐.

위드는 상황을 지켜보면서 조금도 들뜨지 않았다.

'그래도 드래곤이다. 이렇게 끝나는 것은 너무 쉽다는 생각이 들긴 해.'

복잡하게 생각할 필요는 없었다.

헤르메스 길드의 전력이 너무 막강하기 때문일 뿐이니까.

모라타로 끌어들인 위험한 계획도 결국에는 성공이었다.

드래곤을 상대로 원거리 공격은 큰 효과를 못 본다지만, 그 피해가 쌓이면 꽤 클 것이다.

전투 불능에 빠질 정도로 심각한 중상을 입은 유저들도 사제들의 치료가 집중되어 금방 회복되었다.

희생의 화로를 쓴 유저들은 허무하게 죽지 않고 전투를 잘 이끌었다.

그들이 없었다면 케이베른은 정말 마음대로 날뛰었을 것이다.

'드래곤이 최후를 맞이할 때를 대비해야 되겠어. 막타를 치려면 더 가까이 가야 해.'

"취이익!"

세에취.

악마들의 왕 클레타의 존재를 처음 밝혀낸 그녀는 굉장히 유명해졌다.

"혹시 저희가 도울 일이 없겠습니까?"

"취췩!"

오크 랜드에 있는 그녀에게 불의 고리에서 돌아온 모험가들이 합류했다.

"투사의 불꽃, 췩! 거길 갈 거예요, 추유잇!"

"알겠습니다. 뭐라도 함께 알아보도록 하죠."

세에취는 모라타에서 케이베른을 사냥한다고 해도 일이 끝나지 않는다는 걸 알았다.

결국 클레타를 막으려면 레드 드래곤까지 치워야 한다.

'케이베른이 사라지면 클레타가 나올 가능성은 거의 없어지겠지만… 봉인석을 랜도니가 혼자서 다 찾긴 어려울 거야.'

모라타로 급하게 달려가 봤자 어차피 크게 도움이 되지는 못할 테니 차라리 세에취는 느긋한 마음으로 모험가들과 투사의 불꽃으로 들어갔다.

건장한 오크들이 오가는 대형 성채!

"인간, 췻!"

"너희, 냄새 심하다, 취췩!"

세에취와 함께 온 모험가들은 오크들의 견제를 받기도 했지만, 그들은 이런 유형의 경험이 많았다.

"걱정 마세요. 냄새를 좀 지우면 됩니다."

모험가들은 땅을 구르고 오래된 짐승 가죽을 입어, 오크들이 싫어하지 않도록 냄새를 바꾸었다.

오크들은 사실 그렇게 예민한 편도 아니었지만.

"혹시 랜도니를……."

"봉인석에 대해……."

"이 도시의 기원은 어떤 것인가요?"

모험가들은 부지런히 움직이면서 정보를 모았다.

오크 유저들도 세에취의 소식을 듣고 있었으니 합류하여 도움을 주었고, 그들은 의외로 빠르게 소문을 모을 수 있었다.

투사의 불꽃에 있는 투기장!

2년에 한 번씩 오크들의 왕을 뽑는 대회가 열린다.

오크들이 위기에 빠지면 대족장들이 나타난다.

그들은 바탈리와의 약속대로 투기장에서 특별한 의식을 치를 것이다.

"오크 전사들이 싸워서 마지막까지 이기는 자가 왕이 된다고요?"

"그 왕은 오크들을 모두 지배한답니다."

"그리고 죽은 오크들의 혼과 싸움에 진 전사들의 힘을 흡수하여 오크 용사가 탄생한다고⋯⋯."

오크 용사!

오크 부족이 위기에 빠지면 나타나는 왕은 엄청난 강함을 가지게 된다.

그 오크가 바로 랜도니와 싸워 이긴다는 것이었다.

모험가들은 그 사실에 대해 상당히 회의적이었다.

"오크는 다른 종족들보다도 발전이 느린 편인데요."

"외모가 좀 심하게 생겨서 어쩔 수 없죠. 그나마 위드 님이 카리취로 활동하지 않았으면 더 적었을 거예요."

"오크들의 수준은 전반적으로 낮은 편이라 투기장에서 왕을 뽑더라도 랜도니와 싸우는 건 불가능할 것으로 생각됩니다."

"왕을 뽑는 것도 1년 가까이 남았네요. 그사이에 무슨 일이 벌어질지 모르죠. 그리고 오크 카리취가 있지 않습니까?"

모험가들은 고개를 끄덕였다.

그들이 생각하기에도 오크 카리취가 나타나서 오크 랜드를 평정하는 것이 자연스러워 보였다.

"오크들의 경쟁이 치열해지겠네요."

"드래곤 슬레이어의 업적이 걸려 있으니 누구라도 노려 볼 만하지 않겠습니까?"

"엘프, 드워프, 오크까지 전부 신났네. 인간들의 도시는 파괴되기만 했는데."

"종족의 유불리는 따지지 않아도 될 것 같고요. 가장 번성하고 있는 것이 인간 아닙니까?"

모험가들은 추가로 정보를 모으기로 했다.

랜도니에 대한 정보를 얻으면 좋고, 투사의 불꽃에서 희귀한 퀘스트를 받게 될지도 모르기 때문이었다.

"취익! 취이익!"

"드래곤! 드래곤이 온다. 취취칙!"

그런데 그때, 투사의 불꽃의 오크들이 갑자기 날뛰기 시작했다.

"설마……."

"여기로?"

모험가들은 당황하며 오크들이 모이는 성벽으로 달려갔다.

지평선 너머에서 거대한 붉은 드래곤이 날아오고 있는 것이 보였다.

"지, 진짜다!"

"랜도니다!"

하늘을 덮은 구름을 뚫으며 이동하는 레드 드래곤.

"취위이이익!"

"큰일, 큰일 났다, 취칫칫!"

성벽에 있는 오크들은 미친 듯이 고함을 지르고 있었다.

모험가들도 심장이 멎을 듯이 놀랐지만 곧 이상함을 느꼈다.

레드 드래곤은 오크의 성채를 향해 날아오는 것이 아니었다.

동쪽에서 서북쪽으로.

오크 성채에서 보이기는 하지만 그대로 지나쳐서 날아가는 중이었다.

"뭐지? 다른 오크 부족을 쫓기 위해서인가?"

"그럼 다행인데…….."

"봉인석을 구하려고 돌아다니는 것이잖아. 근데 저쪽 방향에는 딱히 오크 부족이… 설마…….."

모험가 앤돌은 어떤 상상을 해 보고는 전율했다.

레드 드래곤 랜도니

모라타에서 모든 이들이 케이베른에게 집중하고 있을 무렵, 충격적인 소식이 전달되었다.

마판 : 큰일 났습니다. 랜도니가 날아오고 있습니다.

마판의 이야기는 느긋하게 전투를 구경하던 위드를 얼어붙게 만들 정도였다.

위드 : 설마 레드 드래곤이 여기로요?
마판 : 100% 확실하진 않습니다. 하지만 대륙의 북쪽으로 향하고 있고, 아마도 이곳이 될 가능성이 굉장히 높다는 소식입니다.

투사의 불꽃에 있는 오크들과 모험가들로부터 소식이 전달되었다.

많은 유저들이 모라타에 모여 있었지만, 대륙의 곳곳에서도 하늘을 날아가는 레드 드래곤을 발견했다.

마판 : 현재 레드 드래곤은 리튼의 중앙부를 지나고 있습니다. 그리고 네리아해를 건너면 북부 대륙입니다.

케이베른과 전투를 치르는 헤르메스 길드원들이 멈칫하는 것이 보였다.

막타에 대한 욕심만으로 가득하던 위드도 혼란에 빠졌다.

위드 : 대륙 북부까지 오크들을 잡으러 오는 건 아닐 것 같고, 도시라고 해 봐야 부술 곳이 몇 개 되지도 않는데…….

체이스 : 드래곤의 움직임에는 이유가 있을 겁니다. 우리가 다 밝혀내지는 못했지만… 그리고 랜도니와 케이베른은 같이 자랐던 걸 감안하셔야 합니다.

위드 : 그렇겠네요.

위드는 모험가 체이스의 말을 듣고는 고개를 끄덕일 수밖에 없었다.

일단 케이베른이 전투를 치르면서 어떤 방식으로든 형제

나 다름없는 랜도니를 불렀을 가능성이 높았다.

날쌘 찬바람 : 현재 확인되는 레드 드래곤의 비행 속도라면 네리
아해를 건너서 여기까지 오는 데 짧으면 15분, 길면 20분 정도입
니다.

아크힘 : 케이베른과 랜도니가 합세한다면 아마도 그건 절망적
일 가능성이 높습니다.

칼쿠스 : 드래곤이 1마리인 것과 2마리인 것은 차원이 다른 이야
기입니다. 레드 드래곤은 다른 드래곤들보다 훨씬 강합니다.

라미프터 : 랜도니가 오는데 어떻게 합니까?

크레볼타 : 바드레이 님! 명령을!

이 순간에도, 바드레이는 병력을 이끌고 열정적으로 케이
베른과 싸우고 있었다.

메시지 창을 볼 여유조차 없는 듯한 그의 행동이 이미 뜻
을 전달하고 있었다.

전투에 모든 것을 맡긴다!

랜도니가 오건 오지 않건, 케이베른과의 싸움을 멈추지 않
을 작정이었다.

"그렇다면……."

위드는 헤르메스 길드의 전투를 구경만 하고 있을 때가 아
니라는 생각이 들었다.

시간이 더 낭비되기 전에 결단을 빠르게 내려야 했고, 헤르메스 길드와 타격대, 모라타에 있는 모든 유저들의 협조를 구할 수 있는 건 자신밖에 없었다.

헤르메스 길드의 전사와 기사만 싸우고 있는 것이 아니다.

궁수, 마법사, 바드, 사제, 샤먼, 건축가 등.

케이베른과의 전투에 수많은 직업을 가진 유저들이 모여 있다.

그들의 생각을 어떻게 이끄느냐가 현재 가장 중요했다.

"최선의 판단을 내려야 해."

위드는 아르펜 제국의 황제로서 유저들에게 메시지를 전달했다.

모라타만이 아니라, 베르사 대륙에서 아르펜 제국 영토에 있는 모든 유저들이 들을 수 있었다.

위드 : 먼저, 헤르메스 길드에서 지금까지 큰 희생을 치르며 싸워 준 것에 고맙다는 뜻을 전하고 싶습니다.

일단 돈 안 드는 말로 그들의 수고를 치하하고…….

위드 : 아마 모두 알게 되었겠지만, 레드 드래곤 랜도니가 모라타로 올 것 같습니다. 랜도니까지 이곳에 오면 상황이 얼마나 심각해질지 모릅니다.

전투가 어려워진다는 점을 솔직히 말했다.

드래곤이 1마리인 것과 2마리인 것은 차원이 다르다.

더구나 레드 드래곤은 흑마법은 쓰지 못하지만, 순수한 강함으로는 드래곤 중에서도 압도적이었다.

블랙 드래곤과 레드 드래곤이 동시에 마법을 쓰며 지상을 휘젓고 다니는 건 생각만 해도 끔찍했다.

위드 : 그렇기에 헤르메스 길드에서 사정을 이해해 준다면, 지금부터 모라타의 모든 유저들이 케이베른 사냥에 합류하겠습니다.

위드는 케이베른 사냥 기회를 놓칠 수 없었다.

모라타는 이미 반쯤 폐허가 된 상태이고, 다시 헤르메스 길드를 전투에 끌어오기도 어려우리라.

헤르메스 길드 역시 물러설 수 없는 건 마찬가지였다.

최초로 드래곤 사냥에 성공하기 직전인데, 랜도니가 온다고 해서 전투를 중단한다는 건 있을 수 없는 일.

위드 : 우리의 목표는 랜도니가 도착하기 전에 케이베른을 사냥하는 것입니다. 그리고 그다음에는 레드 드래곤까지 잡아내는 겁니다.

위드의 제안에 헤르메스 길드에서도 급한 대화가 이루어

졌다.

헤로이드 : 여기서 물러나는 건 최악입니다. 위드의 의견도 합리적인 면이 있습니다만.

크레볼타 : 위드의 제안을 받아들인다면 케이베른은 사냥할 수 있을 것 같습니다. 시간이 아슬아슬하긴 할 겁니다. 레드 드래곤이 오면 어렵습니다. 전멸도 각오해야 돼요.

하일러 : 여기까지 우리가 다 만들어 놨는데, 다른 유저들과 같이 싸우자고요? 드래곤을 나눠 주잔 말입니까?

가우슈 : 그러면 대안은요? 싸우거나 철수하거나, 선택지는 둘 중 하나죠.

칼쿠스 : 우리끼리 사냥을 성공시키는 건요? 얼마 남지 않았습니다.

헤로이드 : 그렇게 해도 가능할 수도 있을 것 같습니다. 다만 시간이 조금 빠듯한데…….

보에몽 : 최대한 빨리 결정을 내려야 될 겁니다. 레드 드래곤은 지금 이 순간에도 날아오고 있어요.

헤르메스 길드에서는 일대 혼란이 일어났다.

군단장들끼리도 뜻이 하나로 모이지 못했고, 길드원들도 주저했다.

"랜도니까지 오면 망한 거 아냐?"

"그러게. 케이베른을 잡더라도 랜도니가 오면 다 죽은 목숨일 텐데."

희생의 화로를 쓰지 않은 길드원들 중에는 이쯤에서 전투에서 빠지고 싶다고 생각하는 이들이 꽤 되었다.

반면에 케이베른과 랜도니를 순서대로 잡는다면 가능하다고 보는 이들도 많았다.

비록 헤르메스 길드 혼자서 다 해 먹긴 무리겠지만.

아크힘 : 바드레이 님! 어떻게 하실 겁니까?

이런 순간에 헤르메스 길드의 방향을 정할 수 있는 건 바드레이밖에 없다.

위드에게 패배하며 영향력이 감소했지만, 무신 바드레이의 그림자는 길드 전체에 짙게 드리워져 있었다.

바드레이 : 싸운다. 드래곤을 잡는다.

바드레이는 헤르메스 길드를 승리로 이끌어 왔다. 그에게 있어 아직 패배하지도 않았는데 도망친다는 건 있을 수 없는 일.

헤르메스 길드의 망설임과 주저함이 사라졌다.

군단장들이나 길드원들이나, 바드레이의 의견에 따르기로

했다.

아크힘 : 알겠습니다. 저희는 위드 님의 제안에 동의합니다.

위드는 잠시 전투를 지켜봤다.

바드레이나 헤르메스 길드원이나, 더욱 미친 듯이 싸우고 있었다. 그동안은 그래도 여유를 가지고 있었다면 이제는 정말 물러설 곳이 없어졌기 때문이다.

"많이 강해졌네."

명예의 전당에 올라온 바드레이의 전투 영상은 비슷비슷하게 느껴질 정도로 깔끔한 구석이 있었다. 하지만 드래곤의 등에 달라붙어 싸우는 모습에서는 격정적인 힘이 느껴질 정도였다.

케이베른의 날개에 얻어맞고, 마법이 작렬하여 갑옷이 절반쯤 깨졌는데도 아랑곳하지 않고 빙하의 검을 휘두르고 있었다.

드래곤의 등이 얼어붙어 있다.

그 모습이 헤르메스 길드에 있어 얼마나 큰 희망이 되고 있겠는가.

격렬한 드래곤의 움직임에도 필사적으로 매달려 있는 광

경이 지켜보는 사람들의 손에 땀을 쥐게 만들었다.

"여러 가지로 욕을 먹긴 했지만… 그래도 저들만 한 전투 집단이 없지. 나도 슬슬 시작해야 되겠군."

위드는 드워프들에게 황소 광장으로 와서 희생의 화로를 사용하도록 했다.

"크으, 기다려 왔던 순간이군."

"동족들이여, 기뻐하라. 케이베른을 사냥할 시간이 왔다."

드워프들은 마지막이 될지도 모르는 한 잔의 흑맥주를 마시고, 희생의 화로를 발동시켰다.

팔다리가 짧은 드워프들의 몸이 타오르고 더욱 단단한 근육질로 변하자 준비해 둔 무기들을 들었다.

위드도 희생의 화로 앞에 섰다.

"나도 이제 희생의 화로를……."

그 순간 번뜩이는 꼼수!

'근데 꼭 희생의 화로를 최대로 써야만 하는 건가?'

생명의 위기가 닥쳤을 때처럼 인생을 돌이켜 봤다.

서러움을 당하며 살던 어린 시절, 돈벌레가 되어서 살았던 지난날들.

숱한 일들이 있었지만, 항상 남에게 뒤통수를 맞지 않기 위해 신경을 곤두세우고 살아왔다.

'근데 내가 뒤통수를 친다면? 조금만. 20개나 30개의 레벨만 태운다면 말이야.'

얼마 전까지만 해도 케이베른을 막기 위해 희생의 화로를 쓰는 건 당연하다고 생각했다.

레벨이 크게 떨어지겠지만, 그럼에도 드래곤을 사냥하기 위해서는 어쩔 수 없이 감수해야 할 피해.

이번 일에는 헤르메스 길드까지 끌어들였고, 드워프 종족의 운명이 걸렸으며, 베르사 대륙의 미래도 좌우되는 판이다.

'그렇기에 내가 희생의 화로를 덜 쓰더라도 아무도 모르지.'

케이베른과 싸우면서 약한 모습을 보인다면 모두가 의심을 하리라. 하지만 수만 명이 뒤엉켜서 싸우는데 조금 강하고 약한 것까지 알아차릴 수 있을까.

드래곤의 공격에 휘말리면 위험하겠지만, 어떻게든 잘 피하면 문제는 없다.

'방송 화면들이 나를 주목할 거야. 쉽게 이상하다고 생각할 수는 없을 테지.'

위드도 희생의 화로를 완전히 안 쓸 수는 없다고 생각했다. 안타깝게도 드워프들이 남겨 놓은 전설의 장비들을 착용해야 했기 때문이다.

위드가 사악한 고민을 하는 동안에도 케이베른과 헤르메스 길드의 전투는 계속되고 있었다.

페일 : 원거리 부대부터 지원합니다. 그리고 타격대는 공중전을 펼칠 수 있도록 해 주세요.

페일이 이끄는 타격대의 활동이 시작되었다.

타격대 소속의 마법사, 궁수의 공격이 잇따랐고, 유저들이 하늘로 날아올랐다.

전사들은 본래 드래곤과의 전투를 준비하는 동안에 조인족과 함께했었다.

그러나 드래곤과의 전투에서는 조인족들이 공포에 짓눌려서 가까이 접근도 할 수 없었기에 비행 마법으로 날아왔다.

"낙하!"

"작전을 개시한다."

타격대의 유저들은 헤르메스 길드보다 약하지만, 드래곤 사냥을 오랫동안 준비해 왔다.

그들은 마법 저항력을 높이는 장비들만 착용했고, 무기와 스킬은 단순화시켰다.

일격 필살!

모든 생명력과 체력을 동원하여 무기를 휘둘렀다.

헤르메스 길드의 공격도 강력했지만, 타격대까지 참여하면서 열기가 더해졌다.

바바리안 크나툴, 요정 기사 말린, 하프 엘프 비슈르.

각 종족의 영웅인 그들도 출격했다.

"모두가 힘을 내라! 우리의 육체는 한계를 모른다!"

크나툴이 고함을 지르며 전사들의 용기와 힘을 북돋아 주었다.

말린은 마법을 써서 동료들의 능력을 강화해 주고, 비슈르는 두 손에 단검을 들고 드래곤을 향해 뛰어들었다.

그들 또한 헤르메스 길드처럼 마법 공격에 휩쓸려 나가더라도 진격을 멈추지 않았다.

"모두 검을 들어라! 더 늦어지면 저놈이 죽어 버릴지도 모른다."

검치와 사범들, 수련생 500명도 활동을 시작했다.

덩치가 우락부락한 이들이 검을 뽑아 들고 드래곤을 공략하기 위해서 모였다.

헤르메스 길드가 싸우는 것을 지금까지 지켜보기만 한 것은 그들에게는 기적과도 같은 일!

이를 위해서는 엄청난 양의 음식과 술이 필요했다.

"우리가 간다! 늦으면 국물도 없다."

"크하하하핫! 가자, 가자, 가자!"

"드디어 드래곤과 한판 제대로 뜨는 거 아닙니까!"

"축제다!"

그들은 당연하게도 곧바로 희생의 화로를 발동시켰다.

레벨이 좀 떨어지더라도 드래곤과 화끈하게 싸울 수 있다면 만족스러운 일.

검치와 수련생들을 잘 따르는 유저들도 일부가 희생의 화로를 썼다.

"아나, 이거 나중에 후회할 것 같은데……."

"그래도 해 보자. 잘하면 드래곤을 잡을 수 있잖아."

"어… 그렇긴 해."

대략 1,300명 정도의 유저들이 희생의 화로를 사용하는 데 동참했다.

레벨을 40~50개씩 낮추기 때문에 쉽게 내리기 힘든 결정이었다.

그들이 먼저 드래곤에게 달라붙으면서 전장의 분위기가 뜨거워졌다.

"토막 내!"

"마법을 돌파하고 멈추지… 꽤액!"

"몸으로 뚫어 버려!"

헤르메스 길드 역시 타격대에 밀릴 수는 없으니 더욱 분투했고, 케이베른과 싸우기 위해 유저들이 모라타 전역에서 날아오르고 있었다.

-인간들, 최후의 저항이 가소롭구나.

케이베른은 폐허 속에 우뚝 서서 수만 명의 공격을 몸으로 감당하고 있었다.

엄청난 피해를 입으면서도 흑마법에 필요한 제물들을 준비했다.

-너희는 영원히 날 이기지 못할 것이다! 악의 분열!

흑마법에서도 가장 악랄한 마법 중의 한 가지.

엄청난 제물과 스스로의 육체를 대가로 희생해야만 시전할 수 있는 마법이 발동되었다.

케이베른의 거대한 몸이 흩어지더니 셋으로 늘어났다. 그리고 폭풍처럼 땅과 하늘에서 시커먼 기운이 몰려들어서 드래곤들에게 빨려 들어갔다.

바드레이와 헤르메스 길드원들도 튕겨 나가고, 억지로 붙들려 있던 유저들은 생명력을 강제로 흡수당했다.

"공격이 통하지 않아. 물러나!"

"흑마법의 제물이 되지 마라!"

헤르메스 길드원들은 일정 거리를 두고 물러났다. 그리고 그로비듄의 경악에 찬 목소리가 모라타 방어군의 채팅 창을 울렸다.

그로비듄 : 악의 분열! 이런 미친! 저 마법에 대해 읽어 본 적이 있습니다.

바드레이 : 어떤 마법입니까?

그로비듄 : 간단히 말하자면 분신을 만드는 거라고 보면 됩니다.

챤 : 분검술을 마법으로 구현한 것입니까?

그로비듄 : 분검술과 비슷하지만 차원이 다릅니다. 저건 그냥 자신을 셋으로 만드는 겁니다.

아크힘 : 셋으로 만들다니요?

그로비듄 : 저 마법이 끝날 때까지 케이베른은 하나가 아닙니다. 하나하나가 공격력, 방어력, 생명력, 마법 능력. 모든 능력을 그대로 가지고 있습니다.

방어군의 채팅 창에 침묵이 흘렀다.

도저히 믿고 싶지 않은 말이었는데, 곧 마판이 확인을 해 주었다.

마판 : 대도서관에서 빼 온 자료들을 훑어봤습니다. 흑마법들은 미리 챙겨 놓고 있었는데요. 악의 분열은 최소 2개에서 12개까지 분신을 만들 수 있다고 합니다.

"……."

헤르메스 길드원들은 얼어붙었고, 희생의 화로 앞에 서 있던 위드도 마찬가지였다.

바드레이 : 약점은요? 분신들의 약점이 뭡니까?

그로비듄 : 그런 약점은 없습니다. 저 셋을 다 죽여야 합니다.

칼쿠스가 드래곤들의 몸으로 빨려 들어가는 검은 기운의 폭풍을 보며 다급하게 물었다.

칼쿠스 : 약점이 아예 없다고요?

그로비듄 : 강력한 흑마법의 특성상 부작용은 있죠. 마법이 완전히 끝나고 나서 정신이상이 생기거나, 최대 생명력과 마나가 꽤 감소한다는 내용을 봤습니다. 그러나 당장의 전투와는 관련이 없을 것입니다.

위드는 설명을 들으면서 한숨을 푹 쉬었다.

레드 드래곤이 날아오는 것만 하더라도 설상가상의 사태였는데, 케이베른이 3마리가 되었다.

"이거 완전 개사기 아닌가?"

모라타를 포기한 채로 철수하는 것을 적극 고려해 봐야 할 최악의 사태가 벌어지고 있었다.

"진정으로 강합니다. 헤르메스 길드! 박수라도 쳐 주고 싶을 정도예요."

"바드레이가 이끄는 전투단의 위력이 여전하군요. 드래곤에 맞서 포기하지 않고 훌륭하게 잘 싸웁니다."

"레드 드래곤이 도착하기 전에 승부를 걸어 볼 수도 있겠어요. 오주완 씨, 지난번 가르나프 평원의 전투와 다른 점은 무엇일까요?"

"준비가 잘된 것과 되지 않은 것의 차이겠죠. 전사들의 장비가 특히 눈에 띄는데요. 공격력과 마법 저항력, 두 가지에 몰빵을 한 채로 싸우고 있습니다."

"물리 방어력이 떨어져서 안 좋은 거 아닌가요?"

"포기할 부분은 포기한 겁니다. 대신에 방패병들이 맞아 주는 역할을 맡으며 효율이 극대화되어 있죠."

KMC미디어의 진행자들은 케이베른과의 전투 장면을 중계하며 열을 올렸다.

모라타를 배경으로 펼쳐지는 유저들과 드래곤의 전투!

볼거리도 많았고, 흥분해서 떠들 만한 소재들도 널려 있었다.

지상의 유저들을 통해, 레드 드래곤이 날아오는 모습도 방송국 카메라에 실시간으로 잡히고 있었다.

"레드 드래곤이 날개를 펼치고 비행하는 모습입니다. 예상 목적지는 모라타로 알려져 있습니다."

"케이베른의 생명력도 얼마 남지 않았다는 소식이 들려옵니다. 잘 싸우면 케이베른이라도 잡아낼 수 있어요."

"시청자 여러분도 알고 계시겠지만 전투의 승리가 문제가 아닙니다. 베르사 대륙의 운명이 걸려 있습니다."

헤르메스 길드가 잘 싸워 줘서 드래곤을 잡을 수 있을 것 같다는 희망이 휩쓸 무렵!

방송 화면에 케이베른이 마법을 사용하고, 암흑의 기운이 하늘과 땅에서 몰려오는 것이 보였다.

"저 마법은 무엇이죠?"

"흑마법의 일종으로 보이는데요. 뭔가 안 좋아 보여요."

"방금 들어온 소식입니다. 취재원의 말에 따르면… 드래곤이 많아지는 마법이라고 합니다."

"많아진다고요?"

"네. 저 마법이 끝날 때까지 케이베른은 3마리랍니다."

"그런 어이없는……."

"마법이나 물리적인 능력, 설마 그런 것까지 동일하진 않겠지요?"

"모두 같다고……. 말 그대로 드래곤이 셋으로 늘어난 겁니다."

"3마리의 드래곤이 각자 마법을 쓰고 전투를 벌인다면… 그런 터무니없는!"

"마법의 유효기간이 짧을 수도 있겠군요."

"전투가 끝날 때까지 유지된답니다."

"……."

케이베른이 3마리가 되자 진행자들은 입을 다물었다.

1마리도 만만치 않았는데, 이제는 그 어떤 상황도 짐작할 수 없었다.

방송을 보고 있던 시청자 게시판도 폭주했다.

-미쳤다. 세상에⋯⋯.

-베르사 대륙 망했네요.

-드래곤. 그건 그냥 건드리면 안 되는 존재였음.

-헤르메스 길드가 불러온 최악의 사태입니다. 무조건 드래곤의 알을 깨뜨린 헤르메스 길드 탓입니다.

-지금 그게 중요한가요. 어쨌든 드래곤을 못 막으면 모라타는 끝장임.

-다 끝났어요. 대도시 부동산값 폭락이에요!

-로열 로드 망하는 거 아님?

-휴양지 벨레노스에 머물고 있습니다. 여긴 그래도 좀 안전하겠죠?

-몬스터가 증식하면 어디라고 안전하겠어요?

-오랫동안 버틸 수 있는 항구 마을로 갑시다.

-답은 섬이에요, 섬. 외딴섬에 집을 짓고 혼자 사는 거죠.

절망이 휩쓸고 있는 분위기!

경매 사이트마다 아이템 가격이 폭락하고, 주택의 매매가격도 덩달아 급락했다.

흑마법의 기운이 걷히고, 케이베른 3마리가 연달아 드래곤 피어를 터트렸다.

─인간들아, 너희에게 주어진 기회는 끝났다.

─살아갈 자격이 없는 자들이여, 멸망하라.

─소멸이 허락되었다.

드래곤이 저마다 돌아다니면서 대규모 마법으로 도시와 유저들을 동시에 공격했다.

화염과 흑마법이 시전될 때마다 헤르메스 길드원들도 물러나기 바빴다.

"이런……."

바드레이조차 이를 악물며 낭패라고 생각했다. 그렇지만 여기까지 발을 깊게 담근 이상 철수는 있을 수 없었다.

"헤르메스 길드 전원 공격! 물러서지 마라!"

헤르메스 길드가 모든 것을 걸고 시간과의 싸움에 임했다.

모라타에 있는 30만여 명의 길드원들이 일제히 전투에 가담했다.

"우리도 헤르메스 길드를 돕습니다!"

페일이 이끄는 타격대도 적극 참여하며 3마리의 블랙 드래곤과 전투를 펼쳤다.

위드는 3마리의 블랙 드래곤이 나타난 걸 보자 마음이 차분해졌다.

"흠, 역시 만만치 않군. 그래, 뭐든 날로 먹을 수는 없는 법이지."

흑마법이 발동되었을 때는 깜짝 놀라긴 했지만 금세 평정심을 찾았다.

마판 : 악의 분열. 이건 흑마법에서도 궁극 마법입니다. 확실한 건 저걸 쓰면서 케이베른도 흑마법에 필요한 제물을 전부 바쳤고, 마나도 많이 고갈되었을 겁니다.

그로비듄 : 마나는 각자 16% 정도씩 남았습니다.

"드래곤이라면 이 정도 저항은 해 줘야지. 그냥 죽었다면 섭섭할 뻔했어."

위드는 긍정적으로 생각하며 결국 50개의 레벨을 전부 희생의 화로에 털어 넣고야 말았다.

539의 레벨에서 일시적이나마 1,039의 레벨을 달성!

-희생의 화로가 당신의 잠재력을 태웠습니다.
불이 완전히 꺼지고 나면 50개의 레벨이 줄어들게 됩니다.

이젠 이판사판이었다.

헤르메스 길드와 타격대가 총력전을 펼치자 아르펜 제국

의 황제로서 빠질 수 없는 자리가 되고 말았다.

"그래, 차라리 이제야 좀 재밌어지는 것 같아. 이 정도는 해 줘야 드래곤이라고 부를 수 있는 거 아닌가."

위드는 전투가 벌어지는 현장으로 달려갔다.

3마리의 블랙 드래곤이 어마어마한 위용으로 돌아다니고 있었다.

이미 주변 지역은 초토화되어 알아볼 수도 없는 상태였고, 드래곤들은 헤르메스 길드원들과 타격대 유저들을 몰아붙였다.

위드가 사자후를 터트렸다.

"이제부터 내가 전투를 지휘한다!"

헤르메스 길드원들의 관심을 끌고 타격대를 통솔하는 데는, 절묘하게 터트린 한 번의 사자후로 충분했다.

주요 지휘관들이 자리 잡은 대화 채널을 이용할 수도 있지만, 일반 길드원들과 타격대까지 한꺼번에 휘어잡아야 한다.

"위드다!"

"전쟁의 신 위드가 나타났다."

모든 전투를 승리로 이끌었던 위드에 대한 기대감!

위드는 노래라도 한 곡 뽑아서 사기를 더 높이고 싶었지만 시간이 없어서 생략하고 연달아 사자후를 터트렸다.

"마나를 많이 소모해서 허약해진 블랙 드래곤이 3마리다. 타격대가 오른쪽을, 헤르메스 길드가 중앙을 맡는다."

간단한 교통정리부터 했다.

타격대와 헤르메스 길드가 뒤섞여서 서로를 신경 쓰다가 전투력을 제대로 발휘하기 힘들 수도 있으니까.

여기에 대중이 활활 타오르게 만들도록 한마디를 덧붙였다.

"타격대여, 승리를! 지금까지 휴식을 취했으니 죽기 직전의 드래곤을 헤르메스 길드보다 먼저 사냥해야 한다!"

"가자아아아아아!"

"위드 님이 이끌어 주신다면 얼마든지!"

"우와아아악! 오늘 진짜 죽어 보자!"

지옥 사냥으로 단련된 타격대의 유저들.

위드가 함께한다는 것만으로도 그들은 용기백배하여 드래곤에게 덤벼들었다.

중앙 대륙에서 눈치만 보며 살아왔던 자신들에게 헤르메스 길드를 전투 업적으로 이길 기회가 주어졌으니까.

물론 헤르메스 길드원들의 눈빛도 갑자기 확 바뀌었다.

"우리보다 먼저 드래곤을 잡는다고?"

"위드가 이끈다고 해도 그렇지, 지금까지 쭉 우리가 싸워 왔는데 어디서 저런 것들이……."

최강의 전력을 자랑하는 헤르메스 길드의 자존심을 건드리게 된 것이다.

유치한 자극이었지만, 가장 민감할 수도 있는 부분.

"전원 공격! 중앙의 드래곤을 바로 잡는다."

"총공격 개시."

헤르메스 길드원들이 일제 공격을 개시.

그들은 모아 놓은 마나와 체력을 쏟아 내며 화끈하게 스킬을 발동시켰다.

사냥을 성공할지 말지에 대해 걱정하는 게 아니라, 상대에게 지지 않기 위해 싸워야 했다.

"드래곤도 지쳤다."

"마법 공격은 머리에 집중!"

케이베른은 체력도 줄어들었고, 마나도 고갈된 상태였다.

헤르메스 길드원들이 거침없이 날개를 타고 오르고, 꼬리와 등도 공격의 대상이 되었다.

"후⋯⋯."

바드레이는 위드의 지휘에 헤르메스 길드가 따르는 모습이 조금 불편하긴 했지만, 이내 전투에 뛰어들었다.

지금 필요한 건 승리였고, 그보다 중요한 건 무신의 자리를 지키는 것이다.

"반응이 좋아도 너무 좋네."

위드는 헤르메스 길드가 자신의 말을 잘 따르는 것을 보며 꽤나 놀랐다.

"역시 똑똑하고 강한 애들이 말도 잘 들어."

자신이었다면 온갖 꼼수를 부리면서 눈치를 봤을 텐데, 드래곤을 이기겠다고 최선을 다하는 진지한 모습.

"잘못된 인연으로 시작되긴 했지만 그래도 본성까지 나쁜 애들은 아닌 것 같아."

위드는 가장 왼쪽의 드래곤을 드워프들과 함께 맡기로 했다.

"자, 케이베른을 해치울 시간입니다. 하지만 몸조심하세요. 무슨 일이 있더라도 살아남아야 합니다. 집에서 기다릴 처자식들을 위해서라도요."

"뭐라고? 험상궂은 와이프랑 속만 썩이는 아이들?"

"살아서 맥주를 실컷 마시기 위해서라도요."

"알겠네. 조심하지."

"젠장, 빌어먹을, 염병!"

헤겔은 마구 욕설을 내뱉으며 뛰었다.

콰광! 쾅!

화염탄이 날아와서 그가 달리는 도로를 헤집고 있었다.

"도대체 위드 형은 무슨 생각으로 여기서 싸우겠다는 거야!"

아무리 생각해도 미친 짓.

그러나 이미 모라타의 모든 유저들이 움직이고 있었고, 흑사자 길드에도 발동이 걸렸다.

칼리스 : 모든 흑사자 길드원은 위드 님과 함께 왼쪽 드래곤을 공격한다.

느닷없이 튀어나온 길드 마스터의 명령.

흑사자 길드가 전투를 위해 건물에서 나오자마자 블랙 드래곤 3마리가 사이좋게 발광하고 있는 것이 보였다.

거대한 몸으로 날뛰는 드래곤들에게 헤르메스 길드와 타격대, 드워프들이 모조리 덤벼들고 있었다.

로암 : 로암 길드도 총공격. 절대 지지 마라.
샤우드 : 우리도 명예를 걸고 싸운다.
군트 : 드래곤은 우리의 손으로 죽인다. 전사들이여, 검을 들라!
미헬 : 오늘 드래곤을 잡고 우리가 새로운 역사가 될 것이다!

대영주들이 스스로 무기를 들고 드래곤을 향해 달려가는 모습.

전투는 정신없이 흘러갔다.

모든 것을 송두리째 태울 것만 같은 다급함이 그들 사이에 흘렀다.

명문 길드들은 헤르메스 길드 때문에 수년간 자존심이 상해 왔다.

참고, 모욕당하고, 자책하며 살아왔다.

위드는 바로 그런 그들의 경쟁심을 자극했다.

위드 : 헤르메스 길드가 드래곤을 잡으면 최고의 전투 공적을 세울 겁니다.

칼리스 : 헤르메스 길드만 신경 쓰시다니, 아르펜 제국에 기여하고 있는 저희의 공로를 잊으신 겁니까?

위드 : 저야 알지만, 유저들은 지금도 헤르메스 길드를 우러러보고 있죠. 그들이 얼마나 강한지. 세상은 언제나 경쟁 아니겠습니까?

로암 : 큽! 저희도 출전할 겁니다.

명문 길드들.

그들의 숙적인 헤르메스 길드가 날뛰는 것을 가만히 지켜보기만 한다는 건 이제 불가능해졌다.

"도대체 왜?"

헤겔 같은 말단 길드원은 이유도 모르고 분위기에 휩쓸려 따라야 했다.

"먼저 갈게."

"나이드!"

그의 눈에 담벼락과 잔해를 밟고 그림처럼 뛰어가는 도둑 나이드가 보였다.

"도둑 주제에 무슨 싸움에 끼어들겠다고……."

막 비웃을 무렵, 나이드의 손에서 단검 3개가 날아가 드래곤의 몸에 박혔다.

나이드는 단검에 연결된 얇은 줄을 타고 드래곤의 몸을 향해 달려갔다.

"젠장. 나 정도면 엄청 강한 편에 드는데, 여기에는 괴물들밖에 없어."

헤겔은 검을 들고 계속 달려갔다.

모라타의 거리는 부서지고 깊게 파였으며, 건물의 잔해가 흐트러져 있다.

"비켜요, 비켜!"

부상당한 유저들은 기어서라도 움직이며 유저들이 드래곤과 싸우러 갈 수 있도록 길을 터 주었다.

앞으로 달려갈수록 고개를 꺾어야 될 정도로 하늘 높이 위치한 시커먼 드래곤의 모습.

"이건 너무 크잖아."

헤겔은 기가 질리고 말았다.

드래곤과 가까운 주변에는 각 길드의 유저들이 모여들고 있었기에 자신이 활약할 공간도 없어 보였다.

"그렇다면… 에잇!"

그래도 뭐라도 해야 한다는 생각에 일단 달렸다.

그런데 시커먼 드래곤의 다리가 하필이면 그를 밟기 위해 내려오고 있었다.

-위험해! 밧줄을 잡아!

순간 나이드의 다급한 귓속말이 들려왔다.

-밧줄이 어디…….

휘릭!

밧줄이 그의 허리에 휘감기더니 그를 공중으로 띄웠다.

-우억! 나 고소공포…….

헤겔은 방금 죽을 뻔한 것조차 모르고 불평을 했다. 그리고 어둡게 일렁이는 눈동자와 정면에서 마주치고 말았다.

케이베른!

지상을 공격하던 블랙 드래곤의 얼굴 앞으로 헤겔의 몸이 띄워졌던 것이다.

"이게 무슨… 어어어어!"

사뿐.

블랙 드래곤의 콧잔등에 내려앉은 헤겔의 머릿속이 새하얗게 변했다.

"나이드, 이 미친 새끼야! 왜 하필 이곳이야아아아아아!"

"쟤는 왜 저러고 있어?"

위드의 눈에 드래곤의 콧잔등에 앉아서 검을 휘두르는 헤겔이 비쳤다.

검술이나 장비가 모자라서 드래곤의 두꺼운 피부를 베기

에는 솔직히 무리였다.

"타란의 검!"

그럼에도 허둥대면서 열심히 검을 휘두르는 모습이 우스 꽝스럽기도 했지만, 그 장면은 유저들에게 엄청난 용기를 주었다.

"겁쟁이 헤겔도 싸우는데."

"저 녀석. 저길 올라갈 줄은……. 천재야, 미친놈이야?"

"조금만 기다려라. 우리도 올라갈 테니까!"

유저들에게 남아 있던 드래곤에 대한 두려움이 사라지는 순간이었다.

흑사자 길드를 비롯한 명문 길드들이 지상을 장악하고, 드 워프들이 올 수 있도록 길을 열어 주었다.

"인간들이 도와주는군. 어서 가자고, 아인핸드."

"난 바위 술 저장고의 브록핸드다, 드래곤!"

"레토냐의 빛나는 도끼, 파바핸드도 왔다!"

─드워프들, 여기가 어디라고 감히 네놈들까지!

케이베른이 분노했지만, 드워프들은 두려움을 꾹 참으며 짧은 다리로 열심히 달려갔다.

"힘을 내라! 형제들이여!"

─드워프 파바핸드가 땅울림의 외침을 시전하였습니다.
맷집이 강화됩니다.

이동속도가 20% 증가합니다.
모든 속성의 저항력이 증가합니다.
다른 드워프들이 근처에 있을 경우 방어력 증가 효과가 배가됩니다.

드워프 1명 1명이 영웅들!

그들이 케이베른을 향해 창을 찌르고 도끼질을 시작했다.

일부는 다리를 타고 올라가다가 걷어차이거나, 꼬리에 차여서 떨어지기도 했다.

위드 : 부상당한 드워프들에게 회복과 축복 마법을.

이리엔 : 알겠어요!

위드는 사제 부대를 이끄는 이리엔에게 부탁했다. 그 직후부터 드워프마다 치료와 축복의 빛이 번뜩이면서 사제들의 지원이 잇따랐다.

"예상대로야."

위드는 3마리의 블랙 드래곤이 모두 맹렬한 전투에 휩싸인 것을 확인했다.

사람들은 경쟁을 피곤하게 여기지만, 또 그것만큼 사람을 미치게 만드는 것도 없다.

'이렇게까지 된 이상 드래곤 사냥을 헤르메스 길드가 다해 먹도록 놔둘 순 없지.'

위드도 직접 전투에 나서야 할 때였다.

드워프들이나 명문 길드의 세력들에만 맡겨 드래곤을 제압하기에는 부족했다.

"조각 파괴술! 이 모든 것이 힘이 되어라."

이번 전투를 위해서 무려 걸작 하나를 파괴!

위드는 조각 파괴술을 이용해 모든 예술 스탯을 힘으로 바꾸고 사자후를 터트렸다.

"내가 위드핸드다!"

케이베른의 분신은 위드를 보고 즉각 반응했다.

-네놈! 거기에 숨어 있었구나!

이 상황에 와서도 레어를 털린 원한을 고스란히 간직하고 있는 것이다.

-화염 억류!

대지에서부터 뜨거운 열기가 솟구쳤다.

"으아악!"

"불이다! 피해야 돼!"

로암 길드 소속의 유저들이 마구 도망 다녔다.

위드는 불바다를 밟고 다니면서 땅에 떨어져 있는 창을 손에 쥐었다.

로암 길드 유저 중의 누군가가 유품으로 남긴, 꽤나 쓸 만한 창.

"창던지기!"

초급 9레벨의 창던지기.

"끄악!"

헤겔이 급히 몸을 숙이면서 피했다.

케이베른의 머리를 목표로 날아갔지만, 창은 이마에 맞고 튕겨 나가고 말았다.

－쓸모없는 드워프 따위가!

딱히 타격을 입히지는 못했지만 드래곤의 분노만큼은 제대로 불러일으켰다.

－반드시 널 잡아 죽이겠다.

케이베른은 드워프들과 지상의 유저들을 무시한 채 위드를 향해 달려오기 시작했다.

헤겔도 그사이에 나이드의 밧줄을 잡고 콧잔등에서 뛰어내려 구출되었다.

－고통의 결속!

－저주 마법에 당했습니다.
투지가 고통을 견뎌 냅니다.
생명력이 매초마다 5,400씩 감소합니다.
날벼락의 왕관이 속박을 막아 냅니다.

이번에는 도망칠 수 없도록 속박 마법부터 사용되었다.

어두운 기운이 발목과 다리를 붙잡았지만 날벼락의 왕관이 흘려보냈다.

－아케인 폭격!

케이베른의 몸에서 수십 개의 광선들이 쏟아졌다.

무엇인지 모르지만 위력만은 굉장해 보이는 마법!

"네발 뛰기."

위드는 건물을 박차고 몸을 날렸다.

콰과과광!

도로와 건물이 엉망진창으로 부서지는 가운데, 차원문을 통과하며 재빠르게 피했다.

어떤 공격들은 제대로 막지 못했지만 날벼락의 왕관에서 발동된 방어막으로 튕겨 낼 수 있었다.

"고작 이 정도냐? 드래곤치고는 너무 형편없는데. 사실은 드래곤 중에서 제일 약한 거 아니야?"

틈틈이 입을 털어 주는 것은 필수!

-크루와악! 절대 용서하지 않을 것이다.

케이베른이 땅을 울리며 쫓아오고 있었다.

'드래곤은 효율적인 전투를 하지 않아. 자신을 화나게 만드는 거슬리는 존재를 참지 못한다.'

혼자서 위험하게 유인하던 아까와는 상황이 달랐다.

케이베른은 드워프들이나 지상의 유저들에게 공격을 당하면서도 위드에게만 집중하고 있는 것.

"덤벼라, 까만 똥개야!"

-지옥 불!

화염 계열의 궁극 마법.

대지가 갈라지면서 거친 불길이 솟아올랐다.

위드가 얼마나 증오스러운 건지, 막대한 마나를 써야 하는 궁극 마법을 터트리고 만 것이다.

'나쁘지 않지.'

위드는 높은 마법 저항력에 신성한 불과 불꽃의 성배까지 보유하고 있었다.

케이베른이 자주 쓰는 화염 계열의 마법이 가장 편안했다. 생명력도 별로 감소하지 않았다.

'그래도 드래곤이라 멍청하진 않다. 화염 마법 패턴을 반복하진 않아. 어차피 느긋하게 간을 볼 시간도 없다.'

위드는 차원문을 통과하며 등 뒤에서 도끼를 꺼내 손에 쥐었다.

-용을 죽이는 도끼를 무장하셨습니다.

스텟이 무작위로 10 감소합니다.

생명력과 마나의 최대치가 3배가 됩니다.
피해량의 5%가 생명력으로 회복됩니다.
일시적으로 모든 스텟이 150 증가합니다.
돌이킬 수 없는 상처!
추가 피해를 입힐 수 있습니다.
도끼가 입히는 피해가 80% 증가합니다.
공격 반경이 증가합니다.
치명적인 공격이 쉽게 발동됩니다.
큰 상처를 입히면 회복 속도를 늦추고, 20초 동안 지속적인 피해를 줍니다.
방어력 관통!

연속으로 공격이 적중할 때마다 방어력을 15씩 낮춥니다.
큰 공격은 때때로 영구적인 방어력 하락이나 방어구의 파괴로 이어지게
됩니다.
몬스터의 투지를 낮춥니다.
암벽 방패 소환 스킬 사용 가능.
도끼 스킬의 위력이 2배로 적용됩니다.
전투 중에 스킬을 습득하는 속도가 빨라집니다.
인근의 드워프 전사들의 공격력이 강해집니다.

힘 강화, 체력 강화 스킬이 마스터가 되었습니다.

길게 흘러나오는 메시지 창!

조각 파괴술로 모든 예술 스텟을 힘으로 바꿔 놓았으니 공
격력만큼은 사상 최강이었다.

여기에 용을 죽이는 도끼의 추가적인 효과도 부여되었다.

－드래곤과 전투를 시작했습니다.

공격력이 강화됩니다.
마법 저항력이 49% 상승합니다.
피해를 입으면 생명력이 150% 빨리 회복됩니다.
저주, 신체 이상에 면역입니다.
관통, 파괴, 분쇄 공격을 할 수 있습니다.
대지에 서 있으면 뒤로 밀려나지 않습니다.

위드는 이 순간, 드워프들이 희생을 치르며 만들어 낸 가
장 멋진 무기를 손에 쥐었다.

"박살을 내 주지."

쿵쿵쿵!

케이베른도 달려오며 주둥이를 내민다.

−단숨에 삼켜 주마!

위드는 가까이 접근한 케이베른을 보며 하늘로 뛰어올랐다.

"후려치기!"

누구나 익힐 수 있는 도끼술.

−끔찍한 충격!
지형을 바꿔 놓을 정도로 가공할 힘이 적에게 가해졌습니다.

원한의 일격!
드래곤을 상대로 3배의 공격력이 적용됩니다.

드래곤은 웬만한 공격은 무시하고 상대를 걷어차거나 물어뜯을 수 있었다.

그러나 위드의 도끼질은 그대로 드래곤의 머리를 강타해서 밀려나게 만들었다.

−죽인다! 반드시 죽인다!

케이베른의 분노에 찬 절규가 바로 앞에서 들렸다.

위드는 환하게 웃었다.

"바로 이 손맛이지!"

블루 드래곤 라투아스

헤르메스 길드는 자신들이 가진 전투력을 유감없이 발휘하는 방법을 알고 있었다.

"바드레이 님을 호위해라!"

"거침없이 덤벼들어. 우린 헤르메스 길드다!"

헤르메스 길드원들은 바드레이를 따라서 전투의 광기에 함께 빠져들었다.

케이베른의 꼬리가 휘둘려도 더 많은 이들이 달려갔고, 마법 공격을 뒤집어쓰면서도 전진했다.

옷과 얼굴이 검게 그을리고 독에 중독되어서도 전투를 펼쳤다.

무서운 것은 전투에 대한 집중력!

혼란의 와중에도 강력한 스킬들을 번갈아 터트리며, 드래 곤의 생명력을 조금씩 깎아 놓았다.

칼쿠스 : 왼쪽 다리가 약합니다.
핀데그 : 오른쪽 날개 아래의 비늘도 파괴되었습니다. 물리 피해 가 고스란히 들어갑니다.

드래곤의 취약점도 공유하면서 유기적으로 전투를 펼쳤다.
-인간들! 너희는 나를 이길 수 없다!
케이베른의 비명에 가까운 포효.
희생의 화로를 쓴 이들이 대활약을 펼치면서 드래곤을 공 략해 냈다.
"등은 우리가 맡겠다. 정면에서 버텨 줘!"
"머리를 쳐라. 더 이상 마법을 쓰지 못하게 괴롭혀 줘."
헤르메스 길드는 이권 관계가 얽혀서 출신과 지역에 따라 단합이 잘되지 않았다. 그러나 이 처절한 순간에는 뜻이 통 했다.

가우슈 : 날개가 손상되어서 확실히 약화되었습니다.
라미프터 : 어떻게든 집중 공격을 해서 빠르게 처리를 해야 한 다. 마법병단은 현재 위치에서 전진.

마법사들이 은신했던 건물에서 나와서 앞으로 달려왔다.

그들은 케이베른을 향해 마법 주문을 외우면서 함께 공격했다.

블랙 드래곤의 몸에서 화려하게 작렬하는 마법들. 드래곤의 마법 저항력은 여전히 높았지만 그럼에도 생명력을 감소시키는 데 도움이 되었다.

페일 : 우리의 목표는 가장 오른쪽에 있는 드래곤입니다.
파이톤 : 이 순간만을 기다렸다. 가자!

타격대의 유저들이 드래곤을 향해 우르르 몰려갔다.

그렇지만 모라타의 건물마다 나오지 않고 남아 있는 타격대 소속 유저들도 꽤 많았다.

그들은 헤르메스 길드가 드래곤과 싸우는 걸 지켜보며 감탄도 했고, 스스로에게 화도 냈다.

"저렇게까지 싸울 자신은 없는데, 솔직히."

"너무 위험해 보인다. 죽기도 많이 죽고."

원래는 드래곤을 상대하는 주역이 되었어야 하지만, 헤르메스 길드가 싸우는 걸 보고 겁을 집어먹은 이들이 많았다.

그들은 몇 명씩 뭉쳐서 구경하는 쪽을 선택했다.

"헤르메스 길드가 잘 싸우고 있네. 가능하면 사냥 확률이 높은 것이 낫지."

"모라타가 덜 부서져야 되고."

"젠장, 그래도 기분이 나쁘네. 우리도 드래곤을 사냥하려고 그동안 얼마나 노력해 왔냐."

"그건 맞지. 우리의 노력은 대단했어."

"야, 야! 헤르메스 길드가 희생의 화로까지 쓰고 먼저 싸운다는데, 우리가 나서지 않아도 알아서 해결될 거야."

타격대의 유저들은 생각보다 자신들의 전투력이 대단하지 않다는 것을 느꼈다.

헤르메스 길드가 너무 잘 싸우기에, 자신들이 나서는 것이 별 의미 없게 느껴졌다.

"대륙을 우리 손으로 구할 줄 알았는데, 구경꾼이 되었네."

"여기가 가장 안전하지. 진짜 위험해지면 도우러 가자."

"그럴까?"

타격대의 유저들이 주저하는 동안에도 전투는 치열하게 이어지고 있었다.

눈에 띄게 활약하는 비슈르, 크나툴, 말린.

그리고 수많은 이들.

오베론 : 벤트 성 소속이신 분들, 모두 출격합시다!

오베론도 희생의 화로를 쓰고 드래곤에게 덤벼들었다. 그를 따르는 드워프들도 함께했다.

전투를 구경하던 유저들은 점점 나설 생각이 사라졌다.

너무나도 위험했고, 실제로도 케이베른의 저항에 유저들이 무참히 죽어 나갔다.

중앙 대륙에서 살면서 숱하게 경험했던 패배 의식이 그들을 짓누르고 있었다.

"모라타가 너무 위험해 보이는데 빠져나가자."

"정말? 그래도 될까?"

"응. 초보들도 나가고 있어."

"걸리면 욕 좀 먹을 텐데."

"다들 정신없잖아. 복장만 갈아입으면 몰라."

구경을 위해 도시에 있던 초보자들은 전투가 위험해지자 성 밖으로 나가고 있었다.

타격대 유저들도 결국 저렴한 여행복으로 갈아입고 모라타의 성문을 빠져나갔다.

위드는 미끼 역할을 하면서도 주위를 쉬지 않고 살폈다.

모라타의 시가지 절반 정도가 전투에 휘말려서 파괴되어 있었다.

멀리 있는 3, 4층짜리 석조 건물들이 굉음과 함께 부서지고, 이제부턴 화재가 나더라도 불을 끈다는 것조차 의미가 없을 정도로 도심이 파괴되었다.

"시체 폭발!"

"시체 폭발!"

네크로맨서들은 그 와중에 정신없이 시체들을 처리하고 있었다.

날쌘 찬바람 : 랜도니가 네리아해를 넘어 북부 대륙에 도착했습니다. 이동 궤적상 정확히 모라타로 오고 있습니다.

드워프 전사들은 위드를 쫓아가는 드래곤을 따라가며 일방적으로 공격했다.

"드래곤이 도망친다!"

"드워프들의 긍지를 위하여!"

케이베른의 등에는 드워프들도 보이고, 머리에는 칼리스나 로암도 보였다.

전투에 참여한 그들은 목숨을 걸고 힘껏 싸우는 중이었다.

드래곤이 그들을 의식하지 않아서 의외로 마음 편히 공격하고 있다는 점도 작용했지만.

ㅡ땅 위의 벌레들이 감히……!

케이베른이 제자리에 멈춰서 뒤쫓아 오는 이들에게 꼬리를 휘두르려고 하는 순간.

"네 적은 바로 나, 위드핸드다!"

위드는 드래곤의 관심을 돌리기 위해서 달리던 걸음을 조금 멈췄다.

"분검술!"

재빨리 로아의 명검을 뽑아 들고, 50개의 분신을 일으켜서 드래곤에게 달려갔다.

-네놈부터 죽인다. 불타는 숨결!

케이베른도 반갑게 맞이하며 입에서 불길을 내뿜었다.

브레스는 아니지만, 화염 계열의 최상위 마법 중 하나!

-분신이 소멸되었습니다.

위드는 분신들이 불에 녹아내리는 중에도 지그재그로 전진했다.

날벼락의 왕관이 방어막을 형성하며 화염 마법을 막았다.

바윗덩어리를 박차고 뛰어올라서 드래곤의 얼굴 근처까지 도약!

-이번엔 잡혔구나!

케이베른의 앞발이 맹렬한 기세로 날아오고 있었다.

'인간들에게 관심을 가진 듯했던 것은 날 끌어들이려는 함정이었구나! 과격하긴 하지만 그래도 멍청하진 않군.'

절체절명의 그 순간, 위드는 조각술을 사용했다.

"찰나의 조각술."

조각술 최후의 비기.

세상이 멈춘 가운데 드래곤이라고 해도 다를 건 없었다.

모든 소리가 사라진 고요한 세상.

대도시 모라타의 모든 상황들이 거짓말처럼 정지했다.

폭발과 혼란, 하늘에서 내리는 화염의 비까지도.

멸망을 알리는 것 같은 도시의 모습이 슬프고도 아름다웠지만, 그걸 만끽할 정도의 감성은 없었다.

9만까지 모아 놓은 찰나의 에너지도 급속도로 소모되는 중이었다.

'바드레이와의 싸움에서 이기고 나서 아직 제대로 채워 놓지도 못했는데.'

위드가 20미터를 더 움직여서 드래곤의 얼굴까지 다가갔다.

헤겔은 해내지 못했지만 자신은 다르다.

"옛다, 받아라!"

위드는 이번엔 로아의 명검을 뽑아서 드래곤의 눈동자를 힘껏 찔렀다.

그리고 다시 시간이 흐르기 시작했다.

-쿠우워어어억!

드래곤의 눈동자를 꿰뚫으며 박힌 로아의 명검!

신성한 불이 적용되어서 화염을 줄기줄기 뿜어내었다.

-치명적인 일격!

드래곤의 한쪽 눈을 파괴하였습니다.

생명력 563,974를 감소시켰습니다.

"계속 덤벼들어라!"

"정면에서도 피하지 마! 버티면서 기회를 노려라! 일격에만 죽지 않으면 어떻게든 살려 준다."

"장창 부대 전진!"

아크힘의 지휘 아래 헤르메스 길드는 압도적인 병력으로 점점 드래곤을 밀어붙였다.

지상에서 벌 떼처럼 덤벼드는 헤르메스 길드원들.

수만의 병력이 돌격을 기다리고 있었고, 외곽에서는 그보다 훨씬 많은 유저들이 지원을 해 주었다.

케이베른의 방어력과 마법 저항력이 엄청난 수준이라지만, 수천 발의 화살과 마법 공격이 쉬지 않고 적중하고 있었다.

처음부터 드래곤의 몸에 타고 올라 싸우며 빙하의 검을 휘두르던 바드레이는 사람들의 눈에 선명하게 보였다.

누군가의 입에서 한 단어가 흘러나왔다.

"무신!"

하벤 지역을 정복하고 중앙 대륙으로 세력을 마구 뻗어 나갈 때.

바드레이가 이끌던 전투에서 그들은 무신을 외쳤었다.

"무신! 무신! 무신!"

그 단어는 전염성을 가진 것처럼 헤르메스 길드원들 사이에서 퍼져 나갔다.

이윽고 엄청난 함성이 되어 모두가 바드레이의 별명을 외쳤다.

무신 바드레이!

그가 친위대와 함께 날개가 달린 갑옷을 입고 하늘을 날아 드래곤의 몸을 직접 공격했다.

수많은 마법에 적중당하기도 하고 화살이 꽂힐 때도 있었지만, 사제들의 회복 마법으로 견뎌 냈다.

모든 고통과 부상을 참아 내면서 드래곤을 공격하는 그 광경은 헤르메스 길드원들이 기억하는 독보적이고 절대적인 강함을 가진 바드레이의 모습.

"무신! 무신! 무신!"

헤르메스 길드의 사기는 최고가 되었다.

그들 스스로 모라타에 와서 가장 힘든 전투를 헤쳐 나가고 있었다.

가르나프 전투 이후의 패배 의식을 완전히 날려 버릴 정도로 자신감이 솟구쳤다.

아크힘이 소리를 질렀다.

"모두 죽을 각오로 싸워라! 오늘 우린 전설이 될 것이다!"

헤르메스 길드가 격렬하게 드래곤에게 덤벼들었다.

바드레이만을 보고, 그의 강함을 따르는 절대적인 세력.

이제 드래곤의 몸은 만신창이가 되어 있었다.

-인간들 따위가!

케이베른이 울부짖으며 꼬리를 휘둘렀다.

꼬리에 얻어맞은 기사들 수십 명이 쓰러졌지만, 그보다 많은 기사단이 뿔피리를 불며 돌격해 왔다.

모라타의 건물에 숨어서 전투를 구경하던 유저들이 말했다.

"왠지 우리도 무신이라고 외쳐야 될 거 같지 않냐?"

"바드레이의 소문이 말 그대로잖아. 장난 아니게 싸운다. 미친 듯이 말이야."

헤르메스 길드원들의 마음은 바드레이가 보여 주는 열정으로 타오르고 있었다.

-가시 장벽!

드래곤이 강철로 된 가시 벽을 세워도 몸으로 뚫었고, 꼬리를 후려쳐도 한 걸음 더 나아가서 싸웠다.

헤르메스 길드원이 10명, 20명씩 죽을 때마다 드래곤의 생명력도 착실하게 줄어들었다.

-쿠우워어어어!

케이베른이 고통으로 울부짖기 시작했다.

매끈한 흑색으로 빛나던 드래곤의 비늘은 엉망진창으로 부서져서 공격자들의 무기를 제대로 막아 내지 못했다.

마법을 사방으로 퍼붓고 있지만, 바로 죽지 않는 인간들은 금세 회복해서 다시 덤벼들었다.

무적의 헤르메스 신화가 재현되고 있었다.

-인간들! 너희와 이 도시를 저주할 것이다.

케이베른은 생명력이 7% 이하로 떨어지자 오른쪽 날개를 활짝 펼쳤다. 부상이 심한 왼쪽 날개는 절반밖에 펼쳐지지 않았다.

그 순간, 각 군단장들이 포효를 터트렸다.

"비행이다!"

"드래곤이 하늘을 날아서 도망치려고 한다!"

하늘을 날더라도 마법을 써서 쫓아갈 수는 있었다.

그렇지만 지상에서처럼 엄청난 화력을 끊임없이 집중시키기란 어려운 일.

"총공격! 모든 마나를 다 써라!"

무기를 든 헤르메스 길드원들이 몸을 던졌다.

드래곤의 저항이나 마법 공격 따위는 아랑곳하지 않고 공격을 했으며, 미리 준비해 둔 그물을 던졌다.

그동안 전투를 치르며 드래곤의 몸에 꽂힌 수없이 많은 무기들, 거기에 걸린 그물들!

-쿠우워어어어억!

헤르메스 길드가 구해 온 끊어지지 않는 실로 드라고어가 직접 짠 그물이었다.

낚시꾼인 제피는 전투에 참여하지 않았다.

지상에서 부지런히 돌아다니면서 케이베른의 다리를 그물과 연결, 하늘로 날아오르지 못하도록 방해할 준비를 해 두었다.

　케이베른의 등과 머리에는 바드레이와 헤르메스 길드의
전사들이 올라타 있었다.

　-인간들 따위가 나를 막을 순 없다.

　드래곤은 그물을 붙잡고 있는 수천 명의 유저들을 데리고
공중으로 떠올랐다.

　5미터, 10미터.

　하늘로 서서히 솟구치는 검은 드래곤!

아크힘 : 마법병단, 일제 공격!

라미프터 : 아군이 너무 많이 붙어 있습니다.

바드레이 : 상관없다. 쏴!

　모라타 곳곳에서 케이베른을 향해 마법 공격이 날아왔다.

　마법공학 대포도 발사되었다.

　"죽여!"

　"여기가 끝이다."

　드래곤의 등에 타고 있던 유저들도 미친 듯이 공격을 해
나갔다. 어떤 마법이 자신들에게 날아오고 있는지 확인할 겨
를도 없었다.

　"탄생의 힘! 흑기사의 일격!"

　바드레이는 스킬을 연달아 사용했다.

케이베른과 유저들의 마법 공격을 몸으로 견뎌 내면서 싸우느라 만신창이가 되었다.

예전이었다면 생명력이 절반만 줄어들었어도 물러나서 느긋하게 휴식을 취했으리라.

철혈의 워리어가 된 이후 피해를 더 많이 견딜 수 있게 되었지만, 목숨의 위협을 느껴 본 것은 실로 오랜만이었다.

헤르메스 길드원들의 회복 마법이 집중되었지만 드래곤의 꼬리에 얻어맞는 등의 숱한 위기들이 있었다.

그로비듄 : 놈의 생명력이 2%도 남지 않았습니다!

그로비듄의 말이 끝나자마자, 헤르메스 길드의 공격은 광란이라고 불리기에 적합한 것이 되었다.

저마다 체력과 마나를 모조리 쓰는 스킬들을 아낌없이 사용한 것이다.

"고통의 환희!"

철혈의 워리어가 되어 익힌 스킬.

워리어의 비기 중의 하나로, 줄어든 생명력만큼 강력한 공격력을 끌어낸다.

많은 체력이 소모된다는 단점을 가졌지만 이럴 때 쓰지 않으면 언제 사용하겠는가.

바드레이는 드래곤의 정수리에 검을 내리꽂았다.

"죽어라, 지긋지긋한 도마뱀아!"

"와우후!"
검치는 드래곤에게 달려들며 신이 났다.
"드디어 저놈과 싸워 보는구나!"
"행복하신 것 같습니다, 스승님!"
검둘치와 사범들도 검을 뽑아 들고 옆을 따랐다.
거대한 드래곤을 상대로 폐허가 된 도시를 달리는 기분은
끝내줬다.
"암, 그렇다마다!"
"마법 공격입니다!"
-천둥의 울림!
꽈르르릉!
하늘에서 벼락이 떨어지며 전사들이 죽어 나갔다.
반경 1킬로에 퍼지는 먹구름과 무작위로 쏟아지는 벼락!
전사들만이 아니라, 모라타의 건물들까지 한꺼번에 표적
이 되었다.
검치는 그래도 모여서 돌격하는 게 멋있다고 생각했다.
"흩어지지 말고 달려라!"
"스승님의 말씀이다. 단단히 뭉쳐라!"

검치를 선두로 부채꼴 모양으로 돌격하는 수련생들!

"미쳤어!"

"진짜 무모해."

뒤를 따르던 타격대의 유저들은 깜짝 놀랐지만, 그들은 전투의 낭만을 마음껏 만끽했다.

－뼈의 손! 화염 기둥!

대지에서 일어난 뼈의 손아귀에 사로잡히고 불기둥이 솟구쳐도, 정면으로 달렸다.

"그냥 직진이네."

"드래곤 사냥에서도 저런 미친 짓을 볼 줄이야."

검치와 수련생들은 막대한 희생을 치른 끝에 마침내 드래곤의 몸을 타고 올라갔다.

"죽여!"

"토막 내!"

"찢어 버려!"

희생의 화로를 사용해 레벨은 800대에서 900대에 달하고, 공격력에도 극단적으로 몰빵한 전사들이었다.

－치명적인 일격!

－치명적인 일격!

－치명적인 일격!

무식한 돌격에 이은 공격은 짧은 시간에도 드래곤에게 끔찍할 정도의 피해를 안겨 주었다.

공격력이 높기도 했지만, 드래곤의 비늘 사이사이를 정확하게 칼로 내려치고 균열이 생긴 부위들만 집중해서 베었다.

"이것이 결 검술이다!"

"결 검술!"

"한곳만 패자!"

블랙 드래곤의 가장 취약한 부위를 공략하면서 단단한 비늘을 부쉈다.

대형 몬스터들을 때려잡는 일점 공격술까지 사용했다.

드래곤이 눈앞에 보이는 타격대를 공격하는 사이에 엄청난 피해를 입혔다.

다다다닥!

검삼치는 꼬리에서부터 등을 거쳐서 드래곤의 머리 위로 뛰어서 매달렸다.

"으하하하하하, 내가 여기에 왔다!"

검삼치가 검을 사정없이 내리쳤다.

-쿠우워어어어어어!

케이베른이 자신의 머리 위로 올라간 이에게 분노할 때였다.

"계속 잘라. 단단한 비늘은 다 부수면 돼!"

"우워! 우워! 우워!"

"이 동네의 미친놈은 우리다!"

타격대의 유저들이라고 전부가 소심한 건 아니었다.

헤르메스 길드 때문에 그동안은 얌전했을 뿐. 심하게 말하면 주눅이 들어 있던 거였다.

위드가 남부 사막 지역에서 야성을 기르라고 했을 정도였는데, 검치와 수련생을 따르는 이들은 더욱 적극적으로 싸웠다.

"우린 지원을 합니다. 잘 싸우고 있으니, 직접 드래곤을 겨냥하기보단 혼란을 야기하는 데 주력해 주세요."

"옛, 알겠습니다."

페일은 그를 따르는 궁수 부대와 함께 화살을 쐈다.

"발사!"

불화살, 연막 화살, 냄새 화살, 마비 화살, 독화살.

드래곤을 괴롭히는 다양한 화살들이 쏟아졌다.

먼 거리에서 드래곤의 견고한 비늘을 뚫고 피해를 입힐 자신까진 없었다. 그저 드래곤의 몸통을 노리면서 견제하는 역할을 했다.

페일의 화살 통에 담긴 몇 개의 화살은 특별한 것이었다.

죽음의 화살
목표를 정확하게 명중할 시에는 최대 10만의 피해를 입힘.

세상에 다섯 발밖에 없는 화살이었다.

세계수와 관련된 궁수 퀘스트를 통해서 얻은 귀한 것으로, 값을 매기기도 힘든 물건.

위드는 일찍이 전투가 벌어지기 전에 말했다.

"그 화살은 너무 일찍 쓰지 말고 기다리세요. 드래곤을 제가 죽이면 가장 좋겠지만… 페일 님도 막타를 노리셔야 됩니다."

"막타요?"

"마지막 공격요. 드래곤을 쓰러뜨리면 특별한 전투 업적을 얻을 겁니다."

드래곤을 잡는 영광.

페일은 거기까지 생각하진 않았지만, 그래도 해낸다면 꽤 멋질 것 같았다.

'그 순간을 위해 이 화살은 아껴 둔다.'

위드에 대한 고마움도 있었다.

아낌없이 이런 조언을 해 주는 사람이 또 어디에 있단 말인가.

타격대의 전투 방식은 먼저 싸우기 시작한 헤르메스 길드를 많이 참고했다.

마법사와 궁수 부대는 원거리에서 지원하고, 전사들이 주축이 되어 쉬지 않고 근접전을 펼쳤다.

확실히 헤르메스 길드보다는 약했고, 위드가 드워프와 명문 길드들과 함께 싸우는 것보다도 전력이 부족했다.

케이베른이 빛의 궁극 마법을 사용했다.

-빛의 붕괴!

하늘이 폭발하는 것처럼 빛의 줄기들이 지상으로 내려왔다.

멀리 도시 밖에서도 볼 수 있는 찬란한 섬광.

레벨 300~400대의 유저들을 잿더미로 만들어 버리는 궁극의 마법.

"이야아아압!"

"죽여, 죽여!"

"몸에 불이… 아아, 빛에 꿰뚫려서 죽는 것은 처음이야."

"내 멈추지 않는 심장에도 구멍이 생겼다. 크하하핫. 내가 바로 검오백치!"

검치와 수련생들, 타격대의 유저들은 헤르메스 길드처럼 마법 저항력이 높은 장비들을 착용하지 못했다.

위드는 아무리 아끼는 장비들이라도 검치와 사형들에게는 얼마든지 내주려고 했지만 그들이 단칼에 거절했다.

"방어구를 덕지덕지 착용하고 싸우는 건 적성에 맞지 않는다."

검에 미친 이들은 케이베른의 마법 공격에 우수수 죽어 가면서도 분위기를 이끌고 있었다.

세 종족의 영웅들의 활약도 엄청났다.

크나툴은 용맹하게 드래곤의 관심을 끌었고, 비슈르는 정령술과 마법 공격, 화살로 피해를 입혔다.

요정 기사 말린은 방어력을 완전히 무시하는 차원을 자르는 검을 휘두르며 케이베른의 몸을 만신창이로 만들었다.

"크하하핫, 드래곤은 우리 손으로 잡는다."

"스승님! 영광의 순간이지 말입니다."

검치와 수련생들은 벌써 절반 정도가 사망했다.

"한 대 맞고 두 대 때리면 우리가 이긴 거지!"

"맞습니다, 스승님!"

"일대일의 싸움만이 승부가 아니다."

"역시 싸움은 패싸움이지 말입니다."

오베론과 드워프들은 지상에서 드래곤의 관심을 끌었다.

워리어들을 데리고 정면에서 버티면서 드래곤의 공격을 유도, 많이 밟혀 죽긴 했지만 다른 이들이 마음 편하게 공격하도록 유인하는 역할을 해냈다.

그들이 아니었더라면 검치와 수련생들은 마법 몇 번에 일찌감치 전멸했을 수도 있으리라.

"우린 승리한다!"

오베론이 함성을 터트리며 격려를 할 때였다.

헤르메스 길드의 진영에서 어마어마한 고함이 터져 나왔다.

"드래곤이 죽었다!"

"바드레이 님이 드래곤을 사냥했다!"

모라타에 있는 수많은 유저들이 헤르메스 길드가 맡은 드래곤을 향해 시선을 돌렸다.

바드레이가 드래곤의 머리에 검을 꽂은 채 망토를 휘날리며 서 있었다.

육중한 검은 드래곤이 서서히 쓰러지는 광경이 보였다.

"만세! 드래곤을 이겼다!"

"승리다!"

"이제 둘 남았어!"

대지의그림자 파티.

은링, 벤, 엘릭스로 이루어진 그들은 퀘스트에 필요한 물건을 얻었다.

"서두르자고."

"약속의 목걸이. 이걸 이렇게 빨리 구할 줄은 몰랐지."

"헤르메스 길드가 도와줄 거라고는 생각도 못 했는데 말이에요."

드래곤 라투아스와 관련된 물품을 구하는 데는 헤르메스 길드가 제공한 정보가 큰 도움이 되었다.

그들은 급한 마음에 유린의 그림 이동술로 단숨에 그레고 달 산맥의 초입에 도착했다.

"고맙습니다."

"아니에요. 일부터 해결하러 빨리 가 보세요."

"정말 친절하시군요."

벤이 웃으며 말하고 재빨리 산맥을 뛰어올라 갔다.

드래곤 라투아스를 만나기 위해서는, 여기서부터는 직접 걸어서 가야만 한다.

'정말 귀여운 아가씨네.'

힐끗.

급히 산을 달리면서도 아쉬운 마음에 뒤를 돌아보니 커다란 늑대 1마리가 유린의 앞에 나타난 것이 보였다.

케이베른의 활동 이후에 몬스터들의 움직임이 활발해지기도 했지만, 그레고달 산맥은 원래 험한 곳.

'구해 줘야 돼.'

벤이 발길을 멈추려는데, 유린이 등에서 엄청난 크기의 몽둥이를 꺼내는 것이 보였다.

"어어?"

유린은 검술이나 창술 쪽에는 취미가 없었고, 본격적인 전투에도 그리 흥미를 느끼지 못했다. 하지만 그림을 그리는 사이에 나타나는 몬스터들을 처리할 정도로는 강해졌다.

늑대가 유린에게 달려들었고, 그 순간 몽둥이가 현란하게 춤을 추었다.

콰직! 깨갱! 깽!

"벤? 빨리 가야지!"

"어? 그, 그래……."

벤은 자신이 본 게 착각일 거라 생각하고 산을 계속 올라갔다.

해골 지팡이를 들고 있는 리치가 길가에 서 있었다.

-인간들이여, 이곳은 위대한 라투아스 님께서 계신 곳이다.

엘릭스가 한쪽 손을 가슴에 대고 정중하게 인사했다.

"저희는 라투아스 님을 만나기 위해 왔습니다."

-라투아스 님은 하찮은 인간을 만나지 않는다.

"여기… 그분이 원하시는 물건을 가져왔습니다."

엘릭스는 약속의 목걸이를 꺼내서 보여 주었고, 그것으로 리치의 허락을 받아 냈다.

-그분을 만날 수 있을 것이다. 나를 따라와라.

블루 드래곤 라투아스.

다른 드래곤들과는 달리 외부 활동을 하지 않으며 만나는 모험가나 종족도 없다고 알려져 있다.

과거 위드가 만나고 무려 헬리움까지 챙겨서 돌아온 것은 모험가들에게는 전설로 남아 있는 대사건.

"드래곤을 뵙습니다."

대지의그림자 파티는 레어의 내부로 들어가서 거대한 블루 드래곤을 만날 수 있었다.

-인간들이여, 내가 찾는 물건을 가져왔다고?

"그렇습니다."

엘릭스가 공손하게 약속의 목걸이를 바쳤다.

-이것이 어떤 물건인지 아느냐?

"알지 못합니다."

대지의그림자 파티는 순록의 던전에서 약속의 목걸이를 구했다.

보스 몬스터를 사냥한 것도 아니고, 던전의 구석에 숨겨져 있던 물건을 찾아왔을 뿐.

약속의 목걸이 : 내구도 10/10.
특수한 마법 처리가 되어 있습니다.
어떤 약속의 증표로 존재합니다.

그들은 퀘스트를 진행하다 보면 비밀을 알 수 있을 거라고 만 짐작하는 상태였다.

-이 목걸이는 내 맹세의 증표이다.

파직!

구슬들이 엮여 있던 약속의 목걸이가 그대로 산산조각이 나서 깨졌다.

드래곤 라투아스가 찾는 물건 완료
라투아스는 오래전 자신의 친구인 유스켈란타와 약속했다.
"너를 봐서 이 땅의 생명들을 지켜 주겠다. 세상에 위기가 닥쳤을 때 나는 그들을 구할 것이다."

실버 드래곤 유스켈란타와의 약속.
라투아스의 고결한 맹세는 아무리 오랜 시간이 지나도 유지될 것이다.

-레벨이 올랐습니다.

-라투아스와의 친밀도가 높아집니다.
 드래곤의 관심을 받게 되었습니다.

-명성이 20,000 증가합니다.

그 순간 대지의그림자 파티는 알 수 없는 영상을 볼 수 있
었다.

어둡고 붉은 균열에서 끝없이 쏟아져 나오는 악마병들을
실버 드래곤이 마법을 쓰며 막아 내고 있었다.
"드래곤의 피를 마셔라!"
"뼈를 삼키고, 눈알을 파헤쳐라!"
실버 드래곤은 바람과 방어 계열의 마법으로 악마병들의
공격을 상대했다.
균열에서는 점점 더 많은 악마들이 튀어나왔고, 악마 전사
들까지 나타나면서 실버 드래곤의 전신이 난도질당했다.

-소생.

실버 드래곤은 위험에 빠질 때마다 스스로의 몸을 회복시켰다.

해가 떠오르고, 저물고.

몇 날 며칠의 전투가 이어졌다.

마침내 악마병들은 개미 떼가 코끼리를 무너뜨리듯이, 실버 드래곤의 결계를 뚫고 몸속으로 파고들었다.

피를 흘리며 처참하게 쓰러지는 실버 드래곤의 모습을 보여 주며 영상은 끝났다.

"으음."

"아……."

"이건……."

이 영상이 무엇인지를 깨달은 대지의그림자 파티는 슬며시 서로를 돌아보았다.

실버 드래곤 유스켈란타의 죽음.

드래곤의 죽음이 보통 일이었을 리가 없다.

짐작은 했지만, 약속의 목걸이를 가져온 것으로 끝난 게 아니었다.

-내 친구 유스켈란타는 엘프들의 친구였으며, 드워프들을

아끼고, 인간들을 좋아했다. 그녀는 악마들로부터 세상을 지키려고 했다.

라투아스의 나직한 혼잣말.

3명의 모험가는 아무 말도 하지 않고 듣기만 했다.

-유스켈란타의 부탁은 인간들을 보살펴 달라는 것. 인간들을 위해 너희는 악마들이 이 땅에 뿌려 놓은 위험을 찾아야 할 것이다.

"위험요?"

-악마들이 세상을 파괴할 음모를 어디선가 진행하고 있다. 그들의 작업은 지극히 은밀하여 알아차리기가 어렵지만, 일찍 막아 내지 않으면 매우 위험할 것이다.

"……."

대지의그림자 파티는 조용히 눈치를 보았다.

연계 퀘스트가 이어질 것 같은 분위기이긴 했지만, 악마들의 음모라면 요즘 핫한 이슈가 아닌가.

"설마 지금 말씀하시는 악마들의 음모라는 게 이거 아닙니까?"

벤이 배낭에서 알의 껍데기를 꺼냈다.

케이베른이 만들었던, 드래곤의 부서진 알의 껍데기였다.

-맞다. 마법으로 만들어진 가짜 알이구나. 건방지게도 악마들이 드래곤을 이용하고 있었다니.

-퀘스트 '악마들의 비밀'을 완료하셨습니다.

퀘스트를 정식으로 받기도 전에 완료!
명성과 라투아스와의 친밀도를 또다시 얻었다.

-케이베른과 랜도니가 이미 왕성하게 활동하고 있습니다. 연계 퀘스트의
 내용이 갱신됩니다.

-퀘스트 블랙 드래곤 케이베른을 완료하셨습니다.

-퀘스트 레드 드래곤 랜도니를 완료하셨습니다.

-퀘스트 악마들의 지배자를 완료하셨습니다.

 -케이베른과 랜도니, 그놈들을 막아야 한다. 인간과 드워프,
오크를 파괴하고 나면 흑마법으로 지옥의 문을 열 것이다. 그러
면 악마들이 이 세상으로 나오게 된다.
   띠링!

블루 드래곤 라투아스의 활동이 시작되었습니다.
악마들의 왕 클레타를 강림시키기 위해 어리석은 두 드래곤들이 돌아다니
고 있다. 라투아스는 오래전의 약속에 따라 전투를 시작할 것이다.
"그들을 멈추게 만드는 것은 드래곤으로서 마땅히 해야 할 일."
케이베른과 랜도니의 위치를 알아 오십시오.

라투아스가 그들과 싸워서 이긴다면 대륙은 안전해질 것입니다.

제한 : 악마들의 지배자 완료.
난이도 : S

퀘스트의 발생.

그것도 드래곤끼리 전투가 발생하게 되는 퀘스트였다.

"이거, 원래대로라면 생각해 볼 여지가 많았겠어."

"그렇죠? 퀘스트 문구의 마지막 부분이 좀 수상해요. 라투
아스가 아무 때나 나서서 두 드래곤과 싸워 이긴다는 보장이
없어요."

"케이베른이 위험에 빠지니 랜도니도 출격했지. 이거 잘
못하면 드래곤 2마리에게 협공을 당해 라투아스가 죽을 수도
있었겠어."

대지의그림자 파티는 퀘스트와 모험에 대한 전문가들.

이 퀘스트는 라투아스를 이용하긴 하지만 단순하게 생각
할 수 없었다.

매우 위험하고, 돌이킬 수 없는 실수를 범할 수도 있다.

끔찍한 위험이 있는 퀘스트였다.

"근데 지금은 케이베른이 거의 죽기 직전이고 랜도니가 모
라타로 가고 있다고 하니……."

"더 볼 거 있나? 지금보다 나은 기회는 없을 거라고."

"그럼 바로 퀘스트를 시작하는 것에 모두 동의하시는 거
죠?"

"응, 당연히."

"동의해."

은링은 두 사람의 의견을 모아서 대표로 말했다.

"케이베른과 랜도니는 북부의 도시 모라타에 있어요."

−블루 드래곤 라투아스의 출격에 필요한 정보가 전달되었습니다.

라투아스가 거대한 몸을 서서히 일으켰다.

대지의그림자 파티는 끝없이 커지는 것 같은 덩치에 몸을 떨어야 했다.

−드래곤은 이 세상의 균형을 유지하는 힘. 케이베른과 랜도니는 어리석고 잔혹한 드래곤들이다. 그들이 클레타의 강림을 위해 인간 세상을 파괴하려고 한다면 막아야 한다.

라투아스가 레어의 입구에서 날개를 펼치고 하늘로 날아올랐다.

대지의그림자 파티는 그 모습을 멍하니 바라볼 뿐이었다.

"우리… 뭔가 굉장한 걸 한 것 같은데."

"그러게요. 꽤 엄청난 일을 저지른 거 같죠?"

"아… 모라타. 모라타에서 이걸 구경했어야 하는데."

위드는 드워프들을 이끌다가 바드레이가 먼저 드래곤을

해치웠다는 소식을 들었다.

마판 : 드래곤 1마리가 죽었습니다!

서둘러 고개를 돌려 보니 블랙 드래곤이 쓰러지고 있었다. 악의 분열 마법의 효과가 다한 것인지 드래곤의 육체는 그대로 소멸되었다.

"역시!"

위드는 매의 눈으로 전리품이 떨어지지 않았는지부터 확인했다.

'분명히 없었어.'

먼 거리였지만, 아무것도 없었다.

전투의 승리도 무엇보다 중요하긴 하지만, 드래곤이 죽고 나서 남긴 물품은 반드시 챙겨야 하는 것.

'전리품이나 업적까지 3개가 된 건 아니야. 드래곤을 사냥하는 업적은 마지막 케이베른을 처치한 자가 갖는다.'

마판 : 급보입니다.
위드 : 또 뭔가요?

위드는 마판의 연락이 올 때마다 불안감이 마구 치솟았다.

오늘은 계속 심장 건강에 대단히 안 좋은 소식들이 이어지고 있었다.

마판 : 라투아스가 레어에서 날아올랐습니다.

위드 : 블루 드래곤요?

위드와도 연관이 깊은 드래곤.

퀘스트를 진행하기도 했고, 유스켈란타의 조각품도 만들었다. 헬리움도 넉넉하게 챙기면서 상당히 친밀도를 높여 놓은 드래곤이었다.

그럼에도 두 번 다시 얼굴을 보고 싶지 않긴 했지만.

마판 : 대지의그림자 파티로부터의 연락입니다. 라투아스가 케이베른과 랜도니를 막으려고 한답니다.

위드 : 우릴 돕는단 말입니까?

마판 : 예. 지금 레어에서 이동하고 있다는데… 잠시만요.

위드는 드워프들을 이끌고 싸우면서도 마판의 소식을 계속 기다렸다.

헤르메스 길드는 1마리의 드래곤을 처치하고, 타격대와 합류해서 남은 드래곤을 공격하기 시작했다.

-쿠으으으으으. 벼락! 벼락! 벼락!

그쪽의 드래곤도 인간들과 싸우면서 맹렬하게 저항했다.

엄청난 난전이 벌어지고 있었다.

-모두 쓸어 줄 것이다. 불의 바다.

케이베른의 자아를 고스란히 가지고 있는 블랙 드래곤.

하나의 육체가 파괴되고 헤르메스 길드의 공격까지 받자, 하늘로 날아오르기 시작했다.

"안 돼!"

"막아요, 어서!"

지상을 불태우며 떠오르는 드래곤을 헤르메스 길드와 타격대가 뒤쫓는 것이 보였다.

-어딜 보느냐!

위드의 적은 바로 앞에도 있었다.

로아의 명검을 눈에 꽂은 대가로 드래곤의 뜨거운 분노를 받고 있는 상태였다.

-공간 폭발!

드래곤은 마나가 모이는 대로 마법을 터트렸다.

위드가 워낙 잘 도망 다니다 보니 광역 공격이 아니라, 피할 수 없도록 대상을 지정하는 마법으로 전환했다.

공간이 압축되더니 빛이 새어 나오면서 강렬한 폭발을 일으켰다.

-생명력이 162,381 감소하셨습니다.

시공간이 비틀어지며 깨지고 있습니다.

매초마다 힘이 4.6%씩 감소하며 쇠약해집니다.

위드라고 해도 입을 수밖에 없는 심대한 타격!

레벨 1,000을 넘긴 했지만 궁극 마법을 몸으로 견뎌 내기에는 만만치 않았다.

-하늘 지배자의 갑옷이 상태 이상에 저항합니다.

날벼락의 왕관 외에도 생명력과 마법 저항력을 높여 주는 장비는 몽땅 착용하고 있었다.

헤르메스 길드의 워리어들은 드래곤과의 전투를 위해 체력을 2~3배 이상 높여 주는 장비들을 착용해서 체력 100만을 유지했다.

위드의 생명력은 그처럼 높지는 않았지만, 그래도 믿는 구석이 있었다.

"거룩한 보호!"

"빛의 영광을!"

"치료의 손길!"

"완전 회복!"

아군으로부터 쉴 새 없이 회복 마법을 받아서 생명력을 다시 채운다.

'버틸 수는 있다.'

드워프와 명문 길드의 세력은 온전히 공격에 집중할 수 있었으나, 그사이에 타격대가 맡았던 드래곤은 마침내 하늘로 날아올랐다.

다리 하나가 사라진 상태의 만신창이였지만, 등에 수많은 유저들을 태운 채로 하늘로 날아오르는 데는 성공했다.

뮬 : 모두 출격합니다.

이제 저쪽은 공중전까지 벌어지게 된 사태!
그리폰 라이더들이 창을 들고 드래곤에게 습격을 가하고 있었다.

마판 : 대지의그림자 파티의 말에 따르면 라투아스도 모라타로 오는 것 같습니다.
위드 : 정말인가요?
마판 : 북쪽으로 날아오는 라투아스의 모습이 도처에서 관찰되고 있습니다. 랜도니와 라투아스가 모두 모라타로 옵니다.

'개판도 이런 개판이 없겠네.'
위드는 케이베른의 상황을 계속 확인했다.
드워프와 명문 길드의 일방적인 공격을 당하며 드래곤은 생명력이 감소하고 있었다.
-반드시 죽인다, 드워프!
위드가 몸을 날릴 때마다 쫓아오는 케이베른의 다리와 날개에 부딪친 건물들이 부서지고, 마법으로 초토화되었다.

모라타의 건물마다 숨어 있는 전력이 있었다.

"볼크, 자네 말대로 희망이 보이긴 하는데?"

"그러게 말이야. 드래곤을 잡을 수도 있겠어."

다크 게이머들.

어디서든 어떻게든 살아남아 전리품을 챙기는 그들은 모라타에 남았다.

그들은 처음부터 승산이 없어 보이면 미련 없이 발을 빼기로 했다. 목숨을 지키는 건 그 무엇보다 중요했으니까.

"지금까지 팽팽하게 케이베른과 싸웠어."

"헤르메스 길드만으로도 몰아붙였고, 3마리가 되었어도 하나는 처리했지."

"랜도니가 오긴 하지만… 라투아스도 온다지 않나?"

"선택을 해야 할 시간이군."

다크 게이머들이 모여 있는 선술집에는 덴타코어도 있었다.

그는 로열 로드 초창기부터 사냥을 혼자 다녔다.

모든 시간을 던전에서 보낼 뿐 다른 사람들과는 결코 어울리지 않는 다크 게이머.

최고 수준의 유저 레벨이 100~200이던 시절에는 이런 말들이 떠돌았다.

-덴타코어는 무엇이든 혼자 해낸다. 그는 사냥터의 제왕이다.

 헤르메스 길드가 강해지고 유저들의 수준이 더 높아지면서, 덴타코어에 대한 소문도 줄어들었다.

 그럼에도 항상 사냥터에서 살아온 덴타코어가 강자일 거란 건 누구나 짐작할 수 있는 부분이었다.

 덴타코어는 모라타산 맥주를 한 잔 깨끗하게 비우고는 테이블에 내려놓았다.

 "저는 갑니다. 더 이상 기다릴 수 없겠군요."

 슬슬 케이베른의 목숨이 위태로워지니 덴타코어가 선술집을 나섰다.

 몇 명의 다크 게이머들도 그들끼리 눈치를 보더니 자리에서 일어났다.

 "크흠, 남들이 다 먹기 전에 뭐라도 챙기려면 나도 나가야지."

 "몸이 찌뿌둥하니 한판 싸워 볼까?"

 남아 있던 다크 게이머들은 창문 너머로 드래곤의 모습을 보았다.

 만신창이가 되어서도 필사적으로 위드를 쫓고 있는 광경이었다.

 "드래곤이야. 진짜 어마어마한 존재… 하지만 부상이 심한 것도 사실."

"상처 입은 드래곤이라. 거기에 어그로가 제대로 끌렸어."

"운만 좋으면 먼저 먹는 사람이 임자 아닌가?"

다크 게이머들의 계산법은 위드나 헤르메스 길드와는 달랐다.

대륙의 평화나 개인적인 명예는 상관없고, 당장의 이득만을 봤다. 목숨을 걸더라도, 목숨값만 잘 쳐준다면 만족한다.

"랜도니가 오면 어찌 될지 모르지만, 저놈만큼은 죽일 수 있겠군."

"치고 빠지기에는 정말 적당해. 그다음 일은 모르겠지만."

위드를 뒤쫓는 케이베른의 뒤로 유저들이 대거 등장했다.

"빛의 추적!"

"날뛰는 피의 분노!"

"각성, 폭주, 광기!"

1만여 명의 정도의 유저들.

그들은 흑사자 길드나 다른 명문 길드들보다 훨씬 빠른 속도로 접근하며 원거리 스킬들을 사용하고 있었다.

"뭐야, 누군데 갑자기?"

"진짜 강한데?"

명문 길드 소속 유저들조차도 깜짝 놀랐다.

어디서 나타난 것인지 모르지만, 자신들보다도 월등한 실력을 보유한 것으로 보였으니까.

그들은 알려지지 않은 스킬을 쓰거나, 효율적인 구성을 갖춘 장비들을 착용했다.

'다크 게이머다.'

위드는 고개를 돌려 드래곤을 살피면서 새로 합류한 유저들을 보자마자 알아차렸다.

'그렇다면 역시 시간 싸움인데.'

헤르메스 길드와 타격대가 합류한 공중전이 펼쳐지고 있었다.

유저들의 집요한 저항에 하늘로 떠오르진 못하고 대략 500~600미터의 높이.

'저쪽 케이베른이 먼저 죽어야 된다. 그다음에 이쪽 걸 정리해야……'

위드는 상황을 조율해야 할 필요성을 느꼈다.

칼리스 : 공격해라! 우리가 승리해야 한다.

로암 : 로암 길드여, 오늘만 살아라!

미헬 : 우린 나아갈 수 있다. 모두가 힘을 모아 해낼 수 있어!

대영주들은 유저들을 독려하며 전투를 치르고 있었다.

헤르메스 길드와의 경쟁에 눈이 멀어 버린 모습.

이쪽의 드래곤도 부상이 심하고 마나 소모가 큰 상태였다.

'저렇게 열심히 싸우는 모습을 의도한 건 아니었는데. 이쪽 드래곤이 먼저 죽으면 업적과 전리품이 날아간다.'

위드가 크게 걱정했지만, 정작 전투의 완급을 조절하는 것은 다크 게이머들이었다.

그들은 드래곤에게 접근하면서도 공격 기술을 마구 터트리진 않았다.

간단한 공격을 몇 번 해 보고는 고개를 끄덕이기도 한다.

드래곤의 방어력을 확인하면서 시기를 기다리는 태도.

'속셈이 보이는구나. 헤르메스 길드나 타격대가 저쪽 드래곤을 사냥한 후 모든 공격을 퍼붓겠지?'

드래곤 사냥보다 전리품에 눈이 멀어 있는 모습이었다.

케이베른 처치에 도움이 될 만한 이들의 합류로 위드의 승리 가능성이 훨씬 높아지기는 했다. 하지만 반대로 생각하면 경쟁자가 굉장히 많아진 것이다.

그 순간!

"와아아아아아! 드래곤이 죽었다!"

"명궁 페일 님이 해냈어!"

거대한 함성이 들렸다.

하늘을 날아서 벗어나려고 하던 드래곤.

페일이 다섯 발의 화살을 연달아 쏘아서 드래곤을 공중에서 제압한 것이다.

위드의 눈에 추락하고 있는 드래곤의 모습이 보였다.

"좋았어! 투신의 심판!"

다크 게이머 덴타코어가 망치를 들고 강력한 스킬을 터트리며 드래곤을 두들겼다.

"죽음의 보복!"

"어둠 강림!"

"필멸의 장악, 흑마법의 선물!"

"불사조의 주먹!"

분신들의 제거 완료.

다크 게이머들은 갈고닦은 가장 강력한 스킬들을 발동시켰다.

위드는 저 먼 곳에서부터 수많은 마법 공격이 날아오는 것도 봤다.

'헤르메스 길드의 마법병단이다.'

마법사들도 멀리서 지켜보며 기회를 노리고 있었던 것이다.

2마리의 드래곤이 쓰러지자마자 아껴 두었던 마나를 모조리 쏟아부으며 엄청난 마법을 퍼부었다.

'드래곤의 마법 저항력이 높다고는 해도… 생명력은 얼마

안 남았어.'

위드의 마음이 다급해지려는 순간!

−희생자의 생명 흡수!

케이베른이 생명력을 회복하기 위해 남은 마나를 써서 흑마법을 발동시켰다.

그러나 전장에는 시체들이 거의 남아 있지 않은 상태.

−쿠오아아아아아아아아!

케이베른이 울부짖는 소리에 당황이 역력했다.

지금까지 위드만 맹렬히 쫓아오다가 이제야 주변을 돌아본 것이다.

그로비듄 : 드래곤의 남아 있는 생명력은 13%입니다.

그로비듄이 상황을 보고했고, 모라타에 있는 유저들은 한마음이 되었다.

'내 손으로 드래곤을 사냥하는 업적을 세우려면 지금 공격해야 한다.'

헤르메스 길드원들이 전속력으로 달려오며 건물과 잔해를 뛰어넘었다.

케이베른의 온몸은 상처투성이였고, 등에는 다크 게이머들과 드워프 전사들까지 타고 있었다.

'잡을 수 있어. 드래곤이 금방 죽는다.'

마침내 기나긴 전투의 끝이 보이는 상황!

위드는 집중력을 불태웠다.

'오늘의 이 한순간을 위해 싸워 온 거야.'

드래곤의 표적이 되어 도망 다니면서 갑옷이나 투구의 내구도가 절반 이하로 떨어졌다.

생명력도 20만 정도밖에 남지 않은 상태.

"죽엇!"

"이제 끝이다, 케이베른!"

모라타 전역에서 수많은 마법 공격과 화살이 케이베른을 향해 날아왔다.

레벨 200~300대 정도의 구경꾼들조차도 원거리 공격을 가했다.

모든 이들이 드래곤의 최후를 생각하고 있었다.

바드레이와 헤르메스 길드의 최상위 랭커들도 무기를 들고 마법 공격들을 피해 가며 필사적으로 뛰어왔다.

"드래곤에게 최후를!"

"우리 헤르메스 길드가 마지막을 장식한다."

드래곤을 제거하는 최후의 영광을 위해 공격하는 유저들.

뮬 : 우리도 어서 내려가!

뮬이 이끄는 그리폰 기사단이 창을 높이 들고 하늘에서 돌진했다.

로열 로드에서 강함을 자랑하는 모든 유저들이 드래곤의 최후를 위해 덤벼든다.

'7%다. 아직 참아야 돼.'

위드는 드래곤을 노려보면서 저절로 움직이려는 몸을 억눌렀다.

"죽어라, 이놈아!"

"크하하하핫, 드디어 드래곤을 죽이는구나!"

적군과 아군을 가리지 않고 쏟아지는 마법 공격은 드래곤의 전신을 타격하고 있었다.

바드레이 : 우리가 접근하고 있다! 마법 공격을 멈춰라!

바드레이가 말했으나 타격대는 물론이고 한창 흥분한 헤르메스 길드원들에게도 통하지 않았다.

궁수들과 마법병단의 마법사들은 공격을 멈출 생각이 없어 보였다.

헤르메스 길드의 전사들도 물러나지 않고 몸으로 맞서면서 드래곤을 두들겼다.

드래곤의 막타를 먹기 위해 모든 이들이 광란에 빠져 있었다.

케이베른의 생명력이 1%, 2%씩 줄어들고 있는 이 순간!

'드디어 때가 오고 있구나!'

위드는 용을 죽이는 도끼를 움켜쥐었다. 빛의 날개도 펼쳤다.

드워프 명장들이 대를 이어서 만들어 온 전설급 무기, 그것이 정정당당한 전투보다는 막타를 위해 동원되는 상황!

너무나도 위험하기에 다른 조각 생명체들은 이번 전투에 동원하지 않았다.

"조각 소환술!"

그럼에도 빛날이를 소환하여 등에 매달았다.

"알겠지만 우리가 드래곤을 처치해야 돼."

"너무 위험해 보입니다, 주인님. 저 사이를 비집고 들어가면 죽을 가능성이 높습니다."

"알아. 하지만 이번에 성공하면 몸을 만들어 줄게."

"몸요?"

"맨날 다른 애들을 날게 해 주는 게 귀찮지 않았어?"

"맞아요. 누렁이는 정말 무거웠어요."

"그 녀석은 워낙 우람하고 토실토실해서 무척 맛있을 테니 봐줘야 돼. 내가 널 얼마나 아끼는지 알지? 아주 멋진 몸을 만들어 줄게. 죽어도 다시 생명을 부여해 줄 테니 걱정하지 마."

"알겠어요, 주인님."

위드는 두 번의 기회는 없다고 생각했다.

모라타의 모든 원거리 화력이 케이베른에게 집중되고 있었다.

'이 정도의 공격을 처음부터 드래곤에게 퍼부었다면 진작 해치울 수 있지 않았을까?'

믿기 힘들 정도로 많은 유저들의 총공격은 드래곤마저도 견디기 어려운 것이었다.

검치와 수련생들은 케이베른을 죽이러 왔지만 유저들의 마법 공격에 휘말려 남김없이 죽임을 당해야 했다.

뮬과 그리폰 부대도 공중 공격을 하다가 마법이나 화살 공격에 의해 속절없이 죽어 갔다.

"드래곤이 죽어 간다!"

"이젠 마지막이야, 진짜!"

막타가 만들어 낸 광기.

유저들은 더 많이 덤벼들고 있었다.

지상에서 뛰어오르고, 비행 마법을 써서 드래곤에게 달라붙었다.

불나방조차도 이러진 않으리라.

물론 위드도 기꺼이 뛰어들 작정이었다.

"크하하핫, 베키닌의 3마리 미친 상어님들도 왔다."

"팔자를 고칠 때다!"

"드래곤은 뒤치기의 4인조 것이다!"

"프레임! 취업도 안 되고, 여기서 인생을 걸겠습니다."

"이 순간만을 기다렸다! 야호!"

위드는 가만히 숫자를 셌다.

1초, 2초, 3초.

드래곤의 몸에 수많은 원거리 공격들이 작렬하고, 근접 유저들이 달라붙어 무기를 휘두른다.

그로비듄도 생명력이 얼마 남아 있는지를 알려 주지 않고 있었다.

"시체 폭발! 시체 폭발!"

네크로맨서들조차 드래곤의 옆에서 죽은 유저들의 시체를 터트리기 바빴다.

위드는 지금까지의 케이베른의 모습을 되짚어 봤다.

'보이는 것처럼 모든 공격이 제대로 피해를 입히는 건 아니다. 특히 마법 공격은 드래곤보다, 그 위에 타고 있는 아군을 더 많이 맞히고 있고.'

확실한 건 드래곤의 최후가 10초도 남지 않았다는 점이다.

"이제 가자."

"지금 가면 되나요? 조금 더 기다리는 편이……."

"출발하자."

위드의 등에서 찬란한 빛을 뿜어내는 날개가 활짝 펼쳐졌다.

그동안 빛날이도 금인이의 등에 붙어서 꾸준히 성장을 해 왔다. 단거리 비행에서는 빛날이가 어떤 조각 생명체보다도 빠르다.

"시작해!"

위드의 등에서 빛날이가 넓게 펼쳐지며 드래곤을 향해 날았다.

유저들을 빠르게 추월하고, 마법 공격들은 아슬아슬하게 스쳐 지나갔다.

-크우워어어어!

그때 들리는 케이베른의 울음소리.

거대한 블랙 드래곤의 예술품처럼 아름다운 육체는 온통 상처투성이였다.

개미 떼처럼 달라붙어 있는 유저들에게 수많은 공격들을 당하고 있다.

"더 빨리!"

"최고 속력이에요."

이미 바람을 꿰뚫는 느낌이 들 정도로 빠른 속도였다.

슈와아아악!

드래곤의 모습이 급속도로 가까워지고 있었다.

-날벼락의 왕관이 거친 화살을 튕겨 냈습니다.

화살 비와 마법을 뚫고, 빛의 궤적을 그리면서 날아가는 위드!

바드레이의 모습도 얼핏 보였다.

그 역시도 미친 듯이 검으로 케이베른의 등을 내려찍고 있었다.

'모든 힘을 다 모아서……'

여러 종류의 스킬이 필요하지도 않았다.

멧돼지 도살법.

극단적인 공격력을 가진 도끼술의 비기.

위드는 모라타에서 전투를 준비하며 이 스킬의 숙련도만을 노가다로 높여 놓았다.

중급 1레벨.

전력을 다해서 일곱 번의 연속 공격에 모든 것을 걸어야 하리라.

"머리로!"

위드는 케이베른의 머리를 향해 날아갔다. 그러고는 용을 죽이는 도끼를 휘둘렀다.

콰과광!

-일격이 적중했습니다.
용을 죽이는 도끼의 위력이 극대화되었습니다.
반경 30미터에 충격파가 퍼집니다.
359,371의 피해를 입혔습니다.
드래곤의 비늘을 파괴했습니다.

엄청난 위력의 충격이 주변으로 퍼졌다.

공간을 일그러뜨리며 마법과 화살까지 날려 버린다.

위드는 휘두른 도끼를 멈추지 않고 그대로 다시 내려치는 동작으로 연결시켰다.

엄청난 힘과 속도를 정교하게 다뤘다.

용을 죽이는 도끼가 케이베른의 이마를 내리찍었다.

−이격이 적중했습니다.
573,034의 피해를 입혔습니다.
드래곤의 뼈를 부러뜨렸습니다.
방어력을 31% 약화시킵니다.
일시적인 충격 상태에 빠뜨렸습니다.

3격, 4격.

위드는 도끼를 올려 치고 내려치며 몸 전체를 함께 움직였다.

조각 파괴술까지 써서 늘어난 힘으로 사용하는 극단적인 공격 기술.

드래곤에게 수많은 공격이 적중하고 있기에 누가 막타를 먹을지 알 수 없는 상황.

위드의 공격력은 100만을 훌쩍 넘기니 가능성이 높았지만, 그럼에도 장담하지는 못한다.

5격, 6격의 작렬.

드래곤은 초주검 상태에서 버티고 있었다.

"흑기사의 일격!"

소란을 뚫고 바드레이가 공격 기술을 발동시키는 소리도 들렸다.

어느새 그가 케이베른의 머리 위로 올라와서 검을 내려찍으려 하고 있었다.

'어떻게 할까. 저 공격이 적중한 이후를 기다려? 아니면 먼저?'

갈등은 매우 짧았다.

'내가 먼저 친다.'

위드는 온 힘을 모아서 용을 죽이는 도끼를 케이베른의 이마를 겨냥해서 던졌다.

파파파파팟!

도끼가 세찬 원을 그리며 날아갔다.

그리고 케이베른에게 정통으로 꽂히는 순간이었다.

띠링!

―울타 산맥과 노른 산맥을 아우르는 지배자, 강대한 블랙 드래곤 케이베른
이 영원한 안식에 들어갔습니다.

―레벨이 오르셨습니다.

―레벨이 오르셨습니다.

-레벨이 오르셨습니다.

-도끼술의 레벨이 중급 4레벨이 되었습니다. 강한 힘을 실을 수 있게 되었습니다.
공격력이 15% 증가합니다.
상대를 밀쳐 냅니다.
방어구를 파괴할 확률이 높아집니다.

-놀라운 전투 업적으로 인하여 명성이 219,740 올랐습니다.

-힘이 12 상승하셨습니다.
모든 스텟이 10 증가합니다.
체력의 최대치가 50,000 늘어났습니다.
마나의 최대치가 50,000 늘어났습니다.

-호칭 '드래곤을 이긴 용사'를 얻으셨습니다.

-호칭 '세계의 구원자'를 얻으셨습니다.

-호칭 '악룡의 퇴치자'를 얻으셨습니다.

-호칭 '거룩하고 위대한 황제'를 얻으셨습니다.

-빛의 업적을 완성하셨습니다.
인간으로서의 격이 상승합니다.
모든 신체적인, 정신력인 능력이 10% 높아집니다.

위드는 메시지 창을 보며 도끼를 날린 손맛을 즐겼다.

'드래곤을 잡았다. 수많은 경쟁을 뚫고 해냈어.'

도끼가 꽂히자마자 바드레이의 공격도 적중되었다.

어쩌면 바드레이가 드래곤의 막타를 쳤을 가능성도 있었으리라.

남의 것을 뺏어 먹을 때의 즐거움이 더 큰 법.

샤샤샥!

–클레타의 뿔을 획득하셨습니다.

–죽음의 서를 획득하셨습니다.

–흑마법의 정수를 얻었습니다.

세 가지의 물건과 어마어마한 재료템들.

–블랙 드래곤의 심장을 얻었습니다.

–블랙 드래곤의 비늘을 대량으로 얻었습니다.

–블랙 드래곤의 뼈를 대량으로 얻었습니다.

–현재의 힘으로 소유할 수 있는 무게를 넘어섰습니다.

조각 파괴술로 힘을 늘렸음에도 불구하고 다 들 수가 없었다.

  위드는 저절로 등이 따뜻하고 배가 부른 느낌이었다.

조각 생명체들의 결의

케이베른의 최후!

블랙 드래곤의 거대한 몸이 땅에 쓰러졌다.

"드래곤이 죽었다!"

"우리가 다 함께 드래곤을 사냥했다!"

"승리의 함성을 질러라. 드디어 이겨 냈다! 베르사 대륙의 멸망을 막았다!"

모라타에 있는 유저들은 힘껏 함성을 내지르고 있었다.

"드디어 끝났어? 정말?"

"다 끝난 거 맞는 것 같은데."

온 힘을 다해서 싸웠던 헤르메스 길드원들은 기진맥진해서 주저앉았고, 타격대 유저들도 자신의 동료들이 살아 있는

지 확인하기 바빴다.

드래곤의 마법이 펼쳐질 때마다 타격대는 100여 명씩 죽어 갔기에 희생자들이 많았다.

물론 헤르메스 길드의 손실은 막심하다는 말로도 부족할 지경이었다.

특히 마지막 3분여의 시간 동안에는 모든 화력이 집중되면서 피해가 가장 컸다.

마법사 라미프터는 생존자들을 찾았다.

"바드레이 님은 어디에 있죠?"

"대답이 없습니다. 드래곤과 함께 죽은 것 같습니다."

"아크힘 님은?"

"함께 죽음을 맞이하신 것으로 보입니다."

"그런……."

케이베른의 등에서 마지막까지 싸웠던 헤르메스 길드원들도 8할 이상이 목숨을 잃었다.

살아남은 군단장들은 그들끼리 모여서 이야기를 나누었다.

"바드레이 님이 이렇게 허무하게 죽었단 말인가?"

"너무 엄청난 공격들이 드래곤과 아군을 가리지 않고 집중되었던 탓이겠지."

"그건 그렇겠군."

"마지막까지 버틴 것도 대단한 거지. 바드레이 님이 아니었더라면……."

"바드레이 님이 우릴 이끌면서 그렇게 잘 싸우실 줄은 몰랐어."

헤르메스 길드는 자신들의 피해가 크더라도 누구도 원망할 수 없다는 사실을 알고 있었다.

바드레이와 친위대 유저들이 죽은 데는 아군의 공격도 영향을 주었을 테니까.

마법병단의 화력이 가장 강하게 무차별적으로 이루어졌다.

누가 그 순간에 마법 주문을 멈출 수 있었겠는가.

그때, 블랙 드래곤의 시체가 떨어진 잔해 근처에서 2명의 유저가 슬금슬금 몸을 일으켰다.

"야! 튀어, 튀어."

"그래. 서둘러 모라타를 떠나자고."

마르고와 그랜.

뒤치기의 4인조 중에 살아남은 두 사람이었다.

"크흐흐흐, 제대로 해내고 말았다."

"쉿! 그건 평생 무덤까지 갖고 가야 할 비밀이야."

"어, 그래."

케이베른의 목숨이 경각에 달했을 때, 뒤치기의 4인조는 드래곤을 사냥하겠다고 큰소리로 외치며 덤벼들었다.

하지만 그것은 속임수!

이틀 전, 그들은 고민에 빠졌다.

"야, 우리 너무 착해진 거 같지 않냐."

"그러게. 그동안 너무 순순히 위드의 말을 듣고 살았지."

"한 번쯤은 반항할 때도 되었어. 모라타에 불을 지르면서 난리를 쳐 보는 건 어떨까?"

뒤치기의 4인조는 반란을 꿈꿨지만 실현 가능성은 거의 없었다.

"모라타에 최고 수준의 유저들이 잔뜩 몰려 있을 텐데, 거기서 우리가 뭘 해 봐야 바로 죽지."

"위드가 얼마나 보복할지 몰라? 뒤끝이 아마 끝이 없을 거야. 그건 진짜 두고두고 무섭다."

마르고는 품에서 단검을 하나 꺼냈다.

"나, 솔직히 말하면 독 단검 있다. 전투 중에 써 보는 거 어때?"

"단검? 드래곤을 상대로 단검은 쓸모가 없을 것 같은데."

"드래곤이 아니라도 먹을 것은 많잖아. 특히 위드나 바드레이라면……."

꿀꺽!

뒤치기의 4인조는 마른침을 삼켰다.

전쟁의 신 위드.

무신 바드레이.

로열 로드를 하면서 그 엄청난 위명을 귀에 못이 박이도록 듣고 살아온 그들이었다.

악마가 속삭이는 듯한 마르고의 목소리가 동료들을 유혹

했다.

"만약 드래곤 사냥이 성공한다면, 마지막 순간에는 저마다 최후의 일격을 가하려고 난장판이 일어날 거야."

"그렇겠지."

"이 단검의 레벨 제한은 700. 과감하게 희생의 화로를 쓴다음에 단검을 들고 전투에 참여하는 거지. 그리고 위드나 바드레이를 노리는 거야."

"허억! 너무 위험할 것 같은데?"

"무지막지하게 위험하지. 그래도 모두가 드래곤에 집중해 있을 테고, 헤르메스 길드원들은 마법 저항력에 중심을 둔 장비들만 입고 있겠지. 그럴 때 다가가서 쓱! 어때?"

뒤치기의 4인조는 그 말에 전율했다.

자신들의 별명처럼 완벽한 뒤치기의 기회가 생길 수도 있었다.

마르고의 낮게 깔린 목소리가 결정타를 가했다.

"드래곤은 목숨 걸고 뛰어들어도 누가 잡을지 아무도 몰라. 쟁쟁한 놈들 다 제치고 우리한테까지 기회가 올까? 아마 안 오겠지? 하지만 주변에 널려 있는 헤르메스 길드원이라면? 전투에 지쳐 있고, 사방에 마법과 스킬이 작렬하는 난장판에서 5~6명만 죽인다면… 위드나 바드레이라면 가장 좋고 말이야."

뒤치기의 4인조는 간단한 계산을 해 보고 난 후 확실한 이

득이라는 판단이 섰다.

그들이 마지막 순간 노린 것은 드래곤이 아닌 바드레이!

"으헤헤헷."

"룰루루."

마르고와 그랜은 그렇게 바드레이를 죽이는 전투 업적을 달성하고 유유히 모라타를 떠났다.

날쌘 찬바람 : 랜도니의 도착까지는 3분 정도 남았습니다.

케이베른 사냥에 성공했지만 모라타의 위기는 끝나지 않았다.

"모두 전투를 위한 정비를!"

위드가 사자후를 터트리며 타격대와 헤르메스 길드를 지휘했다.

바드레이와 아크힘이 죽은 이후였기 때문에 헤르메스 길드도 위드의 말을 따르게 되었다.

라미프터와 가우슈가 대화를 나눴다.

"후아… 오늘 살아남을 수 있을까?"

"랜도니까지는 어렵겠군. 부대를 정비할 시간마저 없어."

헤르메스 길드는 피해를 수습할 시간이 없었다.

살아남은 인원이 얼마나 되는지 살펴볼 시간도 없고, 저마다 물과 음식을 먹으며 다음 전투를 대비하기도 바빴다.

"회복 좀 부탁드립니다."

"사제님 어디 없어요?"

랜도니의 도착 전에 부상을 회복하려는 유저들로 정신이 없었다.

일부는 잔해에 우선 몸을 숨기고 습격 기회를 엿보기도 했다.

체이스 : 랜도니의 전투 방식은 추측하기 어렵습니다. 오크들을 상대로 브레스나 대규모 마법을 터트리진 않았지만, 그건 무언가를 찾기 위함이었으니 말입니다.

스펜슨 : 위드 님도 아시겠지만, 레드 드래곤이 드래곤 중에서도 전투력으로는 최강입니다. 블랙 드래곤이 흑마법을 써서 까다로운 면이 있지만 강함 그 자체로는 랜도니가 훨씬 압도적이리라 예상합니다.

안 좋은 소식들만 가득.

케이베른을 사냥했으니 곧 랜도니의 분노가 모라타를 뒤덮고 말리라.

헤르메스 길드원들은 씩 웃었다.

"끝까지 해보지 않고는 모르는 거지."

"그래. 여기서 죽더라도 뭐……."

"마지막까지 싸워 보자는 건가. 이거 진짜 마음에 드네."

지금까지 멋진 전투를 치러 온 헤르메스 길드였기 때문에, 케이베른을 잡은 후에도 여전히 사기는 높았다.

위드는 잔해가 널려 있는 땅에 드러누웠다.

'우선 대륙의 위기는 벗어나긴 했어.'

케이베른이 없어졌으니 악마들의 왕 클레타의 위협도 거의 사라진 것이나 마찬가지다.

절반쯤은 폐허가 된 모라타에서 레드 드래곤과의 전투를 준비하는 이들.

─라투아스의 도착까지는 15분 정도가 걸릴 것 같다고 합니다. 그마저도 지상에서 본 거라 오차가 있을 수 있습니다.

상황을 보고하는 마판의 귓속말 사이로 어디선가 악기 연주 소리가 들려오더니, 금세 연주가들이 하나둘 늘어났는지 장중한 협주로 변했다.

살아남은 바드들이 전사들을 위한 연주를 시작한 것이다.

바드 마레이 역시 신들린 듯한 바이올린 연주를 선보이고 있었다.

"화령 님이 춤춘대."

"진짜?"

"엄청 이쁘다더라. 옷도 그냥 아주……."

"잠깐이라도 보게 가 보자. 어서."

"볼 건 보고 죽어야지."

미녀의 춤은 죽은 듯이 쓰러져 있던 헤르메스 길드원들을 일으켰다.

위드는 유저들이 모여 있으면 레드 드래곤의 표적이 될 수도 있다는 생각을 했지만 내버려 뒀다.

누더기가 된 이들이 도망치지 않는 것만으로도 다행이다.

마지막 전투를 치르는 이들에게 잠깐 쉴 시간이라도 주어야 할 테니까.

뮬 : 공중 팀 피해는 20% 정도 됩니다.

페일 : 타격대 손실은 대략 30% 이상입니다. 전투 불능에 빠졌던 유저들이 회복되면 조금 더 나아질 겁니다.

시간이 지나면서 각 병력을 맡은 이들의 보고도 올라왔다.

위드도 들고 있는 짐 때문에 무거워진 몸을 일으켰다.

"그래, 마지막까지 싸워 봐야지."

-위드 님, 저희가 해냈습니다.

뒤치기의 4인조로부터 귓속말이 들려왔다.

-뭘요?

위드는 평소라면 무시하고 말았겠지만 무슨 일인가 궁금해서 대꾸했다.

-우리 손으로 바드레이를 처치했습니다.

-처치…했다고요?

대꾸하는 위드의 목소리가 저절로 착 낮아졌다.

-그것도 바드레이를요?

-캬하하핫. 할마와 레위스가 죽긴 했지만 진짜 숭고한 죽음 아닙니까. 뒤통수를 멋지게 쳐서 잡아 버렸죠!

-에휴.

바드레이의 죽음에 대해 알게 되었어도 한숨밖에 나오지 않는 상황이었다.

그가 남아 있었다면 레드 드래곤과의 전투에서 헤르메스 길드의 힘을 더 집중시킬 수 있었으리라.

'아무튼 이것들은 시도 때도 없이 뒤통수치는 것밖에 모르는 놈들이야.'

경쟁자인 바드레이를 제거하긴 했지만 그래도 애매할 수밖에 없는 상황.

-바드레이가 갖고 있던 검은 아쉽게도 얻지 못했지만 그래도 바지와 부츠는 획득했습니다. 끝내주지 않습니까?

위드는 이미 지나간 일은 어쩔 수 없다고 생각했다.

-둘 중에 하나는 내놔요.

-넵?

-하나는 상납해야죠. 베르사 대륙을 떠나고 싶지 않다면요.

-아무리 위드 님이라고 해도 솔직히 좀 아까운데요.

-간단한 질문을 하나만 할게요. 아르펜 제국이랑 헤르메스

길드에 동시에 쫓기게 되면 어떻게 될까요?

—…….

—헤르메스 길드는 어차피 타협의 여지가 없게 되었죠. 걔들이 바드레이의 장비를 내놓는다고 해서 보복을 안 할 리가 없어요. 근데 저한테까지 쫓기면, 어디로 숨을래요?

—드리겠습니다.

위드는 악당들에게 착취를 함으로써 바드레이의 죽음을 위로하기로 했다.

그사이에 희생의 화로를 쓴 유저들은 모여서 전투준비에 여념이 없었다.

남아 있는 병력은 어떻게든 마지막까지 싸울 각오를 하고 있었다.

날쌘 찬바람 : 랜도니 도착 1분 전. 남쪽 하늘에서 곧 보일 겁니다.

레드 드래곤 랜도니.

케이베른보다 덩치가 30% 정도 크고, 훨씬 강력한 파괴력을 가진 드래곤.

남쪽 하늘에서 붉은 점이 보이더니 점점 커지기 시작했다.

'드래곤과 한 번 싸우는 것도 힘든데, 연달아 두 번이나 싸워야 하다니.'

위드는 모라타에 있는 모든 유저들에게 메시지를 전달했다.

"잘 들으세요. 오늘은 참 기나긴 하루라는 점에서 모두 공감할 겁니다."

나직하게 말하기는 하지만, 모두에게 선명하게 들렸다.

사자후를 터트리지 않아도 황제의 권능으로 모라타에 있는 유저들에게는 충분히 이야기를 전달할 수 있었다.

빙룡 광장을 중심으로 그 주변 지역이 주로 파괴된 덕에, 흑색 거성이나 대도서관, 예술 회관도 천만다행으로 아직 건재했다.

모라타의 판자촌은 다 잿더미로 변했고 상업 시설들은 파괴되었으며 대지는 마법의 흔적으로 깊게 파이고 불탔다. 그럼에도 도시의 절반 정도는 기적처럼 건재했다.

"랜도니와의 싸움, 당연히 쉽지 않을 겁니다. 어쩌면 힘이 부족해서 우리가 다 전멸할 수도 있겠죠."

현실의 어려움에 대해서도 미리 이야기를 했다.

전투의 열기가 여전히 지배하고 있긴 하지만, 그렇기에 더 무리한 요구를 해선 안 된다고 생각했다.

랜도니에게 일제 돌격하라는 명령.

이런 무모한 짓을 하라고 하는 대장이 있다면 위드는 절대 따르지 않았으리라.

어떤 상황에서도 승리 확률을 높이고 피해는 줄여야 했다.

"처음에는 무리하지 말고 드래곤을 지켜봅니다. 간단히 말하지만, 신호가 떨어지기 전까지 총공격은 금지입니다. 랜도니가 마법을 쓸 수도 있고, 브레스를 뿜어낼 수도 있겠죠.
하지만 우리는 라투아스가 도착할 때까지 어떻게든 살아남
아야 합니다."

이른바 생존 작전.

랜도니의 공격이 어떻게 이루어질지 모르기에 피해를 입
더라도 버티고, 전력을 보존하는 쪽을 택했다.

"그게 맞겠군."

"그래, 어떻게든 지켜보고 대응하는 수밖에 없겠지."

헤르메스 길드의 군단장들도 고개를 끄덕이며 합리적인
작전이라고 생각했다.

"레드 드래곤이다."

"너무… 압도적이군."

구름을 뚫고 나오는 거대한 붉은 생명체.

아름답기도 했지만 절대적인 힘의 상징이기도 했다.

케이베른보다도 훨씬 강한 레드 드래곤의 등장은 모라타
에 있는 유저들을 질식할 듯한 침묵으로 몰아넣었다.

위드도 꿀꺽하고 마른침을 삼켰다.

'라투아스가 온다는 소식을 듣지 못했다면 그냥 다 도망치
라고 했을 텐데.'

헤르메스 길드와 타격대는 케이베른 사냥에 모든 걸 다 쏟
아부었다.

병력이 남아 있다고 해도 전투력은 처음보다 훨씬 못한

상황.

'어떻게든 살아야 된다. 라투아스가 도착하면 상황은 또 바뀔 테니까.'

위드의 생각에 모라타에 남은 유저들 모두가 공감하고 있었다.

여기서 죽고 싶진 않다.

케이베른과의 전투에서 살아남았으니, 어떻게든 라투아스가 올 때까지 살아서 끝을 보고 말리라.

"어? 빙룡이다!"

누군가가 외쳤지만, 사람들은 여전히 레드 드래곤에게서 시선을 떼지 못했다.

위드도 레드 드래곤을 쳐다보고 있었는데, 또다시 고함 소리가 들렸다.

"빙룡! 불사조! 와이번들! 전부 날아오고 있다고요!"

설마 하는 마음에 이번에는 고개를 돌려 봤다.

푸르른 동쪽 하늘이었다.

익숙하다 못해 지겹기까지 한 빙룡과 불사조가 날개를 펼치고 날아오고 있었다.

빙룡, 불사조, 킹 히드라, 백호, 나일이, 데스 웜, 은새, 와이번 등, 조각 생명체 군단에게는 일찌감치 모라타 출입 금지령이 떨어졌다.

위드가 케이베른과의 전투를 앞두고 그들을 안전한 곳으로 보내 놓은 것이다.

옹기종기 한데 모여 있던 중 불사조가 무언가를 느끼고 말했다.

"드래곤. 레드 드래곤이 오고 있다."

불의 정화인 불사조에게는 불의 기운이 그대로 전달되었다.

강렬하기 짝이 없는 레드 드래곤은 불사조도 긴장하게 만드는 존재.

"무섭다, 골골."

금인이는 바위 뒤에 숨었다.

지성을 가진 조각 생명체들은 모라타에서 벌어지는 전투를 알고 있었다.

전투의 규모가 워낙 크다 보니 대기가 떨리고 땅이 울리는 충격이 먼 곳까지도 전달되었다.

"주인은 위험하니 우리에게 모라타를 떠나라고 한 것이다."

악어 나일이는 개천에 몸을 절반쯤 담그고 헤엄을 쳤다.

조각 생명체들은 겁이 많기도 했지만, 자신들의 생명을 소중하게 여기기도 했다.

"우릴 살리기 위해서……."

누렁이가 커다란 눈동자에서 맑은 눈물을 주룩주룩 흘렸다.

위드 입장에서는 조각 생명체들이 아까워서라도 피하도록 한 것이었다. 그렇지만 조각 생명체들이 받아들이는 태도는 달랐다.

"주인은 맨날 우릴 구박하면서 못났다고 했지만 그건 진심이 아니었던 것 같다."

"맞다. 우릴 누구보다 아껴 준다. 솔직하지 못할 뿐이다."

"강하게 키우기 위해 거칠게 다뤘던 것이다. 이해할 수 있다."

빙룡은 과거 위드의 말과 행동을 떠올렸다.

부족한 힘에 비해 큰 몸집을 가져서 제대로 걸어 다니지도 못할 때, 그런 자신을 보며 얼마나 안타까워했던가.

"주인이 날 만들 때는 정말 온 정성을 쏟았다. 눈과 얼음의 폭풍을 견디면서 나를 조각했다."

불사조와 금인이, 누렁이도 당연히 할 말이 있었다.

"주인은 내 형제들이 죽을 때도 슬퍼했었다. 그 표정을 잊을 수 없다."

"나를 잊지 않고 되살려 주었다, 꼴꼴. 날 위해 비싼 보석도 잔뜩 썼다."

"주인은 나를 제일 자주 데리고 다녔다. 내 몸을 보며 진짜 멋지다고 감탄도 해 줬다."

조각 생명체들끼리 경쟁에 불이 붙었다.

여전사 게르니카, 하이 엘프 엘틴, 기사 세빌도 한마디씩 거들었다.

"내 강인한 육체가 가장 아름답다."

"하이 엘프만큼이나 예쁜 종족은 없지요. 주인님께서는 가장 정성을 들여서 날 만들었답니다."

"정의를 위해 살아가는 주인님을 상징하는 존재가 바로 저입니다. 마음이 중요하지요."

데스 웜이나 백호, 나일이를 비롯한 조각 생명체들도 대부분 내세울 수 있는 자랑거리들이 있었다.

강력함의 상징이라거나, 가죽이 비싸고 귀하다거나 하는 우월함!

"난 맨날 주인을 태우고 다녔다."

"그렇다. 우리 와이번들이 가장 부지런했다."

"너희보다 훨씬 오랫동안. 우린 주인과 함께였다."

대충 조각해서 만들었던 와이번들마저도 슬쩍 끼어들었다.

조각 생명체 중에서 최강이라고 할 수 있는 불사조가 가장 먼저 날개를 펼치며 날아올랐다.

"주인이 위기에 빠져 있다. 나는 모라타로 가서 싸울 것이다."

"같이 가자."

불의 거인이 날렵하게 몸을 날려서 불사조의 등에 탔다.

늘 청개구리처럼 빈둥거리며 말을 안 듣던 빙룡도 오늘만큼은 생각이 달랐다.

"주인을 구해야 한다. 나도 갈 것이다."

빙룡도 날아오르고, 킹 히드라도 움직이기 시작했다.

“골골골.”

“음머어어어어어.”

조각 생명체들이 출격하게 된 것이다.

위드는 모라타로 날아오는 불사조와 빙룡을 보고 당황했다.

“아니, 저놈들이 왜?”

모라타에 접근 금지를 시켜 놨음에도 명령을 따르지 않은 부하들.

빙룡이 날아오며 근엄한 목소리로 소리쳤다.

“레드 드래곤이여! 모라타는 나 빙룡의 영역이니 썩 물러가라!”

그 소리가 대기를 뚫고 쩌렁쩌렁하게 들려왔다.

“이게 무슨 미친 짓이야.”

위드는 빙룡이 정신이 나갔다고 생각했다.

레드 드래곤도 당연히 그것을 무시하고 모라타로 계속 날아오고 있었다.

점점 커지는 레드 드래곤의 형체.

“빙룡아, 어서 도망쳐라!”

위드가 사자후를 터트려 봤지만, 빙룡도 불사조도 모라타로 계속 날아왔다.

불사조에 타고 있는 불의 거인도 보였다.

"어서 떠나라니까!"

"목숨 바쳐서라도 지키고 싶은 것이 있다. 잘 지켜봐라. 나의 힘을. 후으아하아아아압!"

빙룡이 숨을 크게 들이마시자 배가 빵빵하게 불러 왔다.

최강의 무기인 아이스 브레스를 내뿜기 위한 것.

"콰아아아아아!"

빙룡의 아이스 브레스가 거친 소용돌이를 치며 발사되었다.

정확히 랜도니를 향해 일직선으로 대기를 꿰뚫고 날아가는 아이스 브레스.

"이거다! 빙룡의 브레스야!"

"제대로 맞혔어! 선제공격을 날린 거야!"

모라타에 있는 유저들은 기대감으로 잔뜩 불타올랐지만, 그 순간 랜도니의 앞에서 검붉은 용암으로 된 장벽이 일어났다.

아이스 브레스는 용암의 장벽에 부딪쳐서 허무하게도 수증기로 변해 갔다.

빙룡이 온 힘을 다하기는 했지만 레드 드래곤의 마법을 뚫기에는 너무나도 약했던 것이다.

"쿠룩?"

브레스를 다 토해 낸 빙룡이 큰 눈동자를 굴리면서 당황했다.

평지를 설원으로 바꿔 버리던 아이스 브레스였다.

수십 마리의 몬스터도 한 방에 얼려 버렸는데, 그것이 마법에 의해 완벽하게 차단될 줄이야.

이것이 진짜와 짝퉁의 현격한 차이.

−내 차례다. 화염의 격노!

이번에는 랜도니가 반격했다.

이글거리는 수십 미터짜리 불꽃 덩어리들이 생성되더니 춤을 추듯 너울거리며 빙룡을 향해 밀려갔다.

무시무시한 열기가 지상까지 전해질 정도였다.

"친구는 내가 지킨다!"

불사조가 날개를 활짝 펼친 채 빙룡의 앞에 섰다.

불꽃 덩어리들이 밀려와서 불사조를 불태웠지만 깃털이 일부 흩날릴 뿐 무사히 막아 냈다.

화염의 상성을 바탕으로 거의 피해를 입지 않은 것이다.

"모라타는 나도 같이 지킬 것이다."

불의 기운을 흡수하며 덩치가 20미터 정도는 커진 불사조!

순수한 불의 정화로 원래의 육체는 220미터 정도의 크기를 가지고 있었고, 빙룡은 그보다 조금 더 컸다.

끝없이 타오르는 재료인 카스탈, 대작 조각품 출신인 불의 거인은 불사조를 타고 있었다. 그 역시 100미터가 넘지만 힘을 쓸 때마다 크기가 더 커지게 된다.

드래곤에 견줄 수 있는 초대형 생명체로서 덩치로는 크게 밀리지 않았다.

"모라타를 파괴하려면 우리부터 이겨야 한다!"

불의 거인의 말에 랜도니는 분노했다.

랜도니는 머리에서부터 꼬리까지의 길이가 350미터를 넘는 초대형 드래곤.

—인간들이 위대한 나의 형제를 안식으로 데려갔다. 방해하는 놈들은 모조리 처치한다!

랜도니는 가속 마법을 쓴 채 하늘을 날아서 불사조를 덮쳤다.

"나도 있다!"

불의 거인이 함성을 지르며 불의 칼을 휘둘렀고, 빙룡도 옆에서 레드 드래곤의 날개를 노렸다.

4마리의 초대형 생명체들이 하늘에서 뒤엉키며 전투를 벌이기 시작했다.

"이게 무슨 난리냐."

위드는 멍하니 하늘을 쳐다볼 수밖에 없었다.

모라타에서 랜도니를 힘겹게 막아야 할 줄 알았는데, 조각 생명체들이 먼저 나서서 싸우다니.

"든든해 보이네."

"그것도 소문으로만 듣던 불멸의 불사조야. 불사조가 싸우는 걸 보게 될 줄은 몰랐어."

"드래곤과 불사조, 빙룡까지?"

헤르메스 길드나 타격대나, 덕분에 휴식을 취할 수 있는 잠깐의 여유도 찾을 수 있었다.

하지만 하늘의 상황은 조각 생명체들에게 전혀 유리하지 않았다.

페일 : 위드 님, 빙룡이 너무 위험합니다.

레드 드래곤은 마법력만이 아니라 육체적인 능력도 월등해서, 불사조의 날개를 움켜쥐고 빙룡의 목덜미를 물어뜯었다.

4마리의 초대형 생명체들이 펼치는 근접전에서 레드 드래곤의 힘은 일방적이라고 할 만큼 압도적이었다.

불사조가 일부러 사이를 비집고 들어가서 훼방을 놓거나 불의 거인이 주먹과 칼을 휘두르지 않았다면 빙룡의 목숨이 위험할 만한 순간도 여러 번 나왔다.

"눈보라!"

빙룡이 마법을 사용했지만 어떠한 피해도 입히지 못하고 공중에서 녹아 버렸다.

마법의 격차가 2~3단계는 나는 수준이었다.

쏴아아아아아!

하늘에서는 눈보라 마법의 영향으로 뜨거운 비가 내렸다.

"빙룡, 이 멍청한 놈……."

위드는 빙룡의 몸이 녹아서 점점 작아지는 것을 보며 안타까워했다.

레드 드래곤 앞에서는 정상적으로 육체를 유지할 수 없었고, 사실 극한의 열기를 뿜어내는 불사조와 가까이 붙어 있는 것도 좋은 환경이 아니었다.

'아직 모라타가 끝장난 건 아닌데. 헤르메스 길드가 싸울 수 있는데.'

얼마나 큰 피해를 입느냐의 문제였지, 라투아스가 올 때까지 버틸 수 있는 가능성은 높았다.

그나마 불사조에게는 유리한 특성도 있었다.

꺼지지 않는 불의 속성
체력이 완전히 다 사라지더라도 작은 불길만 있으면 되살아납니다.
되살아날 때는 최대 생명력과 마나의 50%씩을 보유합니다.

불사조나 불의 거인은 꽤 오랫동안 버틸 수 있다. 그렇지만 레드 드래곤과의 전투에서 빙룡이 살아남을 방법이란 처음부터 없었다.

"꾸에에에엑! 주인, 우리도 왔다!"

"와이번 와삼, 전투를 시작할 것이다."

"우리의 집인 모라타를 지키자!"

7마리의 와이번들까지 날아오고 있었다.

"저놈들까지……."

불같이 화가 치밀어오르면서도 감동이 물밀듯이 쏟아져

들어오는 순간!

레드 드래곤을 제대로 보자마자 와이번들은 몸을 돌렸다.

"저건 우리가 싸울 수 있는 녀석이 아니다."

"급한 일이 생긴 것 같다."

"모라타에 오지 말라던 주인의 말을 따르자."

날갯짓을 파닥파닥하면서 올 때보다 10배쯤 빠른 속도로 사라지는 와이번 무리!

애초부터 전투력으로 빙룡이나 불사조와 비교할 수도 없었으니 일찍이 도망가는 것이 사실 현명한 판단이긴 했다.

"내가 왔다."

"내려와라. 싸우자!"

파괴된 남쪽 성문으로 킹 히드라와 데스 웜도 들어왔다.

조각 생명체들 중에서도 엄청난 전투력을 가진 그들이었지만 드래곤에 견줄 수는 없었다.

더군다나 지상 생명체라는 특성 때문에 멍하니 하늘만 쳐다보며 구경밖에 할 수 없는 처지.

위드의 머릿속이 복잡해졌다.

'평범한 전투라면 제법 도움이 되었을 거야. 하지만 드래곤이다. 희생의 화로도 쓰지 않은 상태에서는 전투에 끼는 것도 무리다.'

그렇다고 조각 생명체들을 강제로 떠나보내는 것도 무리가 있었다. 모라타를 지키기 위해 모인 유저들이 배신감을 느끼고 말리라.

'어쩔 수 없지. 만약에 죽는 녀석들은 되살려 주는 수밖에.'

그렇게 생각하니 차라리 마음이 편해졌다.

위드는 우선 땅에 떨어진 얼음 조각과 불씨를 주웠다.

빙룡과 불사조, 불의 거인의 육체의 일부!

'이미 희생의 화로를 썼는데, 조각 생명체들까지 다시 살려야 하다니… 레벨 손해가 막대하겠군.'

그때 랜도니가 마법을 시전했다.

-옥죄는 화염.

불사조와 불의 거인은 내버려 두고, 빙룡을 불태우는 화염 마법.

"크롸라라라락!"

빙룡이 몸부림을 쳤지만 화염의 구속은 풀리지 않았다. 결국 빙룡은 거대한 수증기를 일으키며 날개가 먼저 녹아내리면서 지상으로 추락하기 시작했다.

"빙룡……."

위드가 애타게 보고 있는데, 모라타에서 수많은 빛들이 솟구쳐서 빙룡을 감쌌다.

이리엔이 조용하던 평소의 말투와는 다르게 큰 소리로 외쳤다.

"사제 여러분, 모두 빙룡에게 집중해 주세요!"

모라타의 사제들이 빙룡에게 회복 마법을 사용해 주고 있었다.

그 순간에 밀려오는 짙은 감동!

녹아내리던 빙룡의 몸이 회복되면서 희미하게 원래의 크기를 갖춰 나가고 있었다.

하지만 랜도니가 숨을 크게 들이마시자 작은 희망마저 사라졌다.

－영혼까지 태워 주겠다.

랜도니의 강렬하기 짝이 없는 파이어 브레스가 가까운 거리에서 발사!

빙룡을 꿰뚫어서 소멸시킨 브레스는 모라타의 일부분까지 잇따라 날려 버렸다.

"대피해요, 대피!"

"모두 빠져나갑시다."

모라타의 성문들이 활짝 열리고 유저들이 앞다투어 빠져나갔다.

랜도니의 입에서 토해진 브레스는 빙룡을 흔적도 없이 날려 버리고 모라타를 강타했다.

대폭발이 일어나며 대기가 모여들고, 뜨거운 기운이 상승하며 먼지와 연기를 피워 올렸다.

"버섯구름이다."

"브레스 미쳤다, 미쳤어!"

마판 : 라투아스 도착까지 7분 정도 남았습니다.

블루 드래곤 라투아스까지도 북부 대륙으로 넘어왔다는 소식에 유저들은 모라타가 초토화될 것을 예상했다.

"왁, 진짜 초대박이네."

"불사조도 세다. 레드 드래곤은 말할 것도 없고."

"빙룡이 너무 불쌍해."

유저들은 정신없이 도망치는 와중에도 고개를 돌려 모라타의 하늘에서 벌어지는 전투를 보며 잠깐씩 넋을 놓았다.

드래곤과 불사조가 충돌하는 광경이란 장엄하면서도 아름다웠다.

불사조의 붉은 깃털이 하늘에서 흩날리고 있었다.

"빙룡이 보고 싶어질 것 같아."

"드래곤은 너무 강하지. 케이베른보다도 훨씬 강한 것 같은데."

유저들은 빙룡의 최후를 안타까워했다.

"어서 가자. 멀리서라도 보게."

모라타를 빠져나가는 유저들의 발걸음은 더욱 빨라졌다.

목숨이 아깝기도 했지만, 살아남아서 이 멋진 전투를 끝까지 보고 싶었기 때문이다.

"후… 드래곤이 저 정도였나?"

리버스는 공포마저 느꼈다.

모니터로만 보던 드래곤을 실제로 겪어 보니 이만한 대괴수가 따로 없었다.

빙룡의 죽음.

위드는 땅에 떨어져 있던 얼음 조각을 추가로 배낭에 넣으며 말했다.

"조각 재료는 넉넉하군. 생명을 다시 부여할 수는 있겠는데."

하늘에서는 랜도니와 불사조, 불의 거인이 뒤엉켜서 싸우고 있었다.

전투력으로는 10배 이상 강한 랜도니라서 압도하고 있었지만, 불사조와 불의 거인은 작은 불씨에도 생명력을 회복하며 되살아났다.

"미치겠네."

케이베른과 전투를 펼치며 절반쯤 박살이 났던 모라타.

랜도니의 브레스가 남아 있던 건물들을 삼분의 일쯤 부쉈다. 그것도 지상에서 흔적도 없이 사라질 정도로.

지금은 불사조의 몸 일부분이 잘리며 불덩어리가 되어 모라타로 계속 떨어지고 있었다.

"이길 필요는 없으니 도망치면서 버티기만 해!"

"알겠다, 주인!"

"그렇게 하겠다."

빙룡이 죽어 버린 후, 오히려 불사조와 불의 거인의 움직임은 더욱 편해졌다.

날렵한 움직임으로 공중전을 펼치며 불의 잔재를 사방으로 퍼뜨렸다.

불의 기운을 흡수할 때마다 생명력을 회복하는 불사조의 불의 거인.

이기진 못해도 속성상으로 어렵게 버티고 있었다.

라미프터 : 보고만 있지 말고, 마법 지원을 해 주지.

지상의 유저들도 하늘로 화염 마법을 날리면서 도움을 주었다.

불사조는 화염 마법들을 흡수하며 생명력과 체력을 회복했다.

사제들은 보호 마법과 회복 마법도 걸어 주면서 불사조와 불의 거인을 지원했다.

모두가 알고 있었다, 저들이 죽고 나면 그다음은 모라타의 차례라는 것을.

마판 : 라투아스 도착 3분 전!

불사조는 몸이 찢겨도 순식간에 되살아나며 상당한 시간을 벌어 주었다.

불의 거인의 공격은 어쩌다 적중되더라도 레드 드래곤의 피부에 잠깐 불을 지를 뿐이었지만.

-지겨운 것들. 완전히 끝내 주지. 절대 소멸.

랜도니는 궁극 마법을 발동시켰다.

불이나 바람 같은 어느 한 종류가 아니라, 마법 그 자체의 정점에 달한 마법.

대상자의 육체를 파괴해 버리는 궁극 마법이었다.

"주인, 힘이 다했다. 더 이상은……."

불사조와 불의 거인은 저항하기는 했지만 결국 마법에 집어삼켜지며 소멸되고야 말았다.

-이제 내 형제를 해친 너희의 차례다!

랜도니가 지상에 있는 유저들을 향해 포효했다.

-인간과 드워프, 아무 가치 없는 족속들 때문에 내 형제가 이곳에서 죽어 버리다니… 마땅히 대가를 치러야 하리라!

위드는 용을 죽이는 도끼를 움켜쥐었고, 다른 유저들도 저마다 싸울 준비를 갖췄다.

조각 생명체들이 시간을 벌어 준 덕분에 다행히 생명력과 체력, 마나가 꽤나 회복되어 있었다.

-어리석은 놈들. 무의미한 저항을 하려는 것인가.

랜도니는 지상의 유저들을 보며 조소했다. 다음 순간, 마법의 진이 하늘에 넓게 펼쳐졌다.

드래곤으로서도 많은 마나가 필요한 마법을 사용하는 것이었다.

-남김없이 멸망하라. 불타는 유성 소환.

"아……."

"저건……."

위드와 지상에 있던 유저들이 가진 희망을 남김없이 짓밟아 버리는 궁극 마법이었다.

헤르메스 길드도 유성을 소환한 적 있지만, 드래곤이 사용하는 마법은 규모부터가 월등했다.

도시 하나를 완전히 잿더미로 만들고도 남아돌 정도의 마법력이 사용되고 있었다.

지상까지 내려와서 직접 몸을 움직이며 전투를 하던 케이베른과는 다르다.

레드 드래곤은 최강의 공격력으로 완전한 파괴를 즐기는 드래곤.

마법이 완성되기 직전이었다.

-랜도니!

남쪽 하늘에서 보이기 시작한 블루 드래곤.

바다처럼 푸른빛을 가진 라투아스가 날아오고 있었다.

-고작 악마들의 졸개가 되어 드래곤의 격을 떨어뜨리는구나.

-라투아스, 그대가 낄 곳이 아니다.

-어리석은 놈. 진실에 눈을 떠라! 세상을 파괴하는 건 올바른 길이 아니다.

-헛소리하지 마라. 나는 다 알고 있다. 인간들을 지켜 주는 드래곤들이 어리석다는 것을.

-말이 통하지 않겠군. 내 허락이 없는 한, 인간들을 죽이지 못한다.

라투아스가 숨을 크게 들이마시더니 강하게 내뿜었다.

아쿠아 브레스!

물의 속성을 가진 브레스가 랜도니에게 쏘아져 나갔다.

랜도니는 아까처럼 용암 장벽을 소환해 막아 내긴 했지만 방어벽을 뚫은 브레스에 몸이 멀리 밀쳐졌다.

-라투아스, 인간들을 감싸면 너도 죽인다.

-악마들의 졸개는 차라리 죽는 것이 낫다.

라투아스가 브레스로 선제공격을 하긴 했지만 랜도니가 덤벼들면서 곧 치열한 몸싸움이 벌어졌다.

"드래곤끼리의 육탄전이라니."

위드는 전투를 지켜보며 가슴을 졸였다.

천만다행인 점은 불타는 유성 소환이 취소되었다는 점.

랜도니는 극단적으로 강력한 힘과 마법력을 보유하고 있었다.

일반적으로 다른 드래곤들보다도 훨씬 강하다는 평가를 받는 레드 드래곤.

위드 : 라투아스가 밀릴 수도 있으니 우리도 싸울 준비를 해 주세요.

페일 : 알겠습니다.

칼쿠스 : 병력을 잘 회복시키고, 충분히 대기시켜 놓겠습니다.

지상의 유저들은 출격해서 싸울 준비를 했다.

위드 : 만약 싸우게 된다면 공중전을 벌여야 할 겁니다.

칼쿠스 : 우리에게 불리하지 않을까요?

위드 : 불리하겠죠. 하지만 아까의 상황만 봐도 레드 드래곤이 지상에 내려오지 않을 가능성이 큽니다. 그러니 마법사들이 비행 마법을 사용할 수 있도록 해 주세요.

라미터터 : 준비되어 있습니다. 마법사들이 총동원되면 5만 명씩은 하늘로 띄울 수 있을 겁니다.

위드는 유저들을 준비시킨 채 라투아스와 랜도니의 전투를 지켜봤다.

2마리의 드래곤이 하늘에서 맞부딪치고 떨어지기를 반복했다.

상대를 발로 차고, 때리고, 꼬리로 후려치며 뒤엉키면서 목덜미를 물어뜯으려고 했다.

랜도니는 강한 힘을 가졌지만 싸우는 건 어설펐다.

무식하게 돌진하고, 상대를 물어뜯으려다가 발에 차이고 날개에 얻어맞았다.

위드 : 드래곤끼리 뒤엉키는데, 라투아스가 의외로 더 잘 싸우네요?

페일 : 제가 보기에도 그렇습니다. 전투가 더 능숙한 것 같습니다.

두 드래곤은 근거리 마법 공격도 서로 주고받았는데, 나이가 많은 라투아스의 마법력이 좀 더 강했다.

─인간들을 죽이기 전에 너부터 찢어 죽여 주마!

─어리석은 아이야. 케이베른이 없는 이상 너는 나를 이기지 못한다.

생명의 바다, 물의 기원, 바다의 수호자 등.

양쪽이 비슷하게 부상을 입어도 회복과 강화 마법까지 쓰는 라투아스는 장기전을 치를 수 있었다.

10여 분 만에 랜도니는 부상을 입은 채 도망가기 시작했다.

─다시 돌아오겠다. 그땐 모조리 멸망시켜 줄 것이다.

－도주를 해? 드래곤으로서 형편없는 짓만 하는구나.

라투아스는 즉시 랜도니를 추격했고, 모라타에서 남쪽으로 이동하며 전투는 계속 이어졌다.

두 드래곤 모두 마법 저항력이 높아서 물리적인 타격이 주가 되었지만, 추격전이 벌어지면서부터는 궁극 마법들의 향연이 되었다.

－아쿠아 웨이브.

－파멸의 손.

－스타 더스트!

－지옥 불 연소.

궁극 마법이 지상으로도 떨어지면서 호수가 생기고, 산이 무너져 내렸다.

모라타의 남쪽 지형이 완전히 바뀌어 가는 것이다.

라투아스는 랜도니를 계속 추격했고, 중앙 대륙으로 넘어가는 경계에서 마침내 결정적인 기회를 맞이했다.

－드래곤의 수치여, 이걸로 끝이다.

－아, 안 돼!

라투아스는 부상을 입은 랜도니의 등에 올라탔다. 그리고 목을 물어뜯어서, 결국에는 죽음에 이르게 했다.

－크롸라라라라라라락!

라투아스의 포효.

모라타에서의 길었던 전투가 끝났음을 알리는 소리였다.

위드는 잔해 위에 우뚝 서서 주위를 둘러보았다.

"하……."

북부 최고의 대도시였던 모라타가 과거의 흔적을 찾아보기 어려울 정도로 폐허가 되었다.

"성도 사라졌네."

흑색 거성도 언제인지 모르지만 무너졌다.

빛의 광장 부근에는 석조 건물들 백여 채만 간신히 남았고, 예술 회관도 파괴를 완전히 피하지는 못했다.

도로와 광장, 건물들의 터.

어디에도 잔해만 잔뜩 쌓여 있었다.

나무들은 모두 타 버렸고, 부서진 벽돌이나 건물이 파괴된 흔적이 광범위하게 흩어져 있었다.

―예술품들은 안전한 곳에 다 옮겨 놨습니다. 재건이 그리 어렵진 않을 겁니다.

―그래요. 대도서관은요?

―기둥이 몇 개 쓰러지고 벽에 금이 가긴 했지만, 미블로스 님이 당분간 버틸 수 있을 거라 했습니다. 보강 공사를 실시하면 괜찮겠죠.

―다행이네요.

마판이 열심히 보고 중이었지만, 위드는 피해 상황을 살펴

보는 게 의미가 없을 것 같았다.

"모라타를 다시 새로 지어야 되겠네."

폐허가 된 모라타.

드래곤과 싸우면서 멀쩡한 지역은 오분의 일도 되지 않았다.

과거로 돌아간 것 같은 느낌도 들긴 했지만 잠깐 동안의 감정에 불과했다.

"진짜 승리했다!"

"케이베른을 잡고… 랜도니도 처치했다."

"베르사 대륙에 평화를!"

"전쟁의 신 위드!"

잔해 더미에서도 수많은 유저들이 환호하는 목소리가 들렸다.

"이기긴 한 건가."

케이베른의 시체가 마치 산처럼 쓰러져 있었다.

뼈와 피, 살.

모든 것이 귀중한 마법 재료였기 때문에 유저들이 달라붙어 해체하기 전에는 사라지지 않으리라.

-죽은 드래곤을 보는 것으로 몬스터에 대한 두려움이 줄어듭니다.
투지가 9 증가합니다.
힘이 5 늘었습니다.

구경하는 이들에게는 영구적인 혜택도 부여해 주는 효과.
위드에게는 퀘스트 종료를 알리는 메시지 창도 떴다.
띠링!

-드워프 종족 퀘스트를 더 이상 진행할 필요가 없게 되었습니다.
  대륙에 있는 드워프들은 모일 필요가 사라졌다.
  종족의 자랑거리인 위드핸드와 드워프 전사들이 케이베른을 해치워 버렸기 때문이다.

-드워프 종족이 악룡의 핍박으로부터 해방되었습니다.
  드워프들은 노른 산맥과 울타 산맥의 몬스터들을 정리하고 불과 강철의 왕국을 세울 것입니다.
  그들이 잃어버렸던 자긍심을 회복하여, 성장 한계의 잠재력이 개방됩니다.
  드워프들의 손재주와 대장일, 재봉술, 조각술, 조선술에 10%의 추가 효과가 붙습니다.

-종족의 영웅!
  위드핸드의 이름은 1년 동안 드워프들이 만드는 모든 무기와 방어구에 새겨질 것입니다.
  위드핸드. 불같은 그의 삶을 추앙하며.

-명성이 100,000 증가합니다.
  종족 퀘스트를 해결하며 모든 스텟이 8씩 증가합니다.
  보상으로 손재주의 효과가 5% 늘어났습니다.
  대장장이 마스터 드워프, 어둠의 대장장이 마스터 드워프들과 교류할 수 있게 되었습니다.

–사브리나 호수의 비약 퀘스트가 중단되었습니다.

악룡 케이베른이 영겁의 어둠으로 돌아가면서 용사의 임무도 끝났습니다.
당신의 용기가 케이베른을 해치우면서 대륙을 구했습니다.

악마들의 왕, 클레타의 계획도 실패하고 말았지만 방심해서는 안 됩니다.
교활한 악마들이 남겨 놓은 씨앗이 대륙 어딘가에서 조용히 자라고 있을
지도 모르니까요.

대륙을 구한 영웅이여, 당신은 더 많은 전투와 모험을 통해 강해져야 합
니다.
짙은 어둠이 몰려올 때에, 빛을 세상에 퍼뜨릴 사람은 당신뿐입니다.

–업적에 대한 보상으로 모든 스탯이 10씩 증가합니다.

–요정과 엘프, 드워프로부터 환영받을 수 있을 것입니다.

–악마들이 남긴 씨앗을 찾아내야 합니다. 신들과 이 세계의 주민들이 지켜
보고 있습니다. 당신의 사명은 계속 이어지게 될 것입니다.

위드는 갑자기 피로가 몰려왔다. 처리해야 할 일이 많았지
만 내일의 자신에게 미루어 두기로 했다.

"따뜻한 물에 몸을 담그고, 치킨부터 1마리 먹어야 되겠어."

위드가 접속을 종료한 후 모라타에는 어마어마한 인파가
몰려들었다.

집집마다 머물러 있던 구경꾼들이 거리로 나왔고, 도시 밖에서도 사람들이 쉬지 않고 들어왔다.

"이게 케이베른이다."

"이렇게 큰 걸 잡았어? 최고네, 진짜……."

"아르펜 제국에 승리를!"

거리마다 축제의 분위기.

한편으로 전투에 참여했던 고레벨 유저들도 여유가 생기니 떠들기 시작했다.

"근데 케이베른은 누가 죽였던 거야?"

"누구지? 드래곤을 잡은 사람은 엄청난 전투 업적을 쌓았을 텐데."

"KMC미디어에서 분석한 바에 따르면 전투 업적으로 강해지는 효과로 레벨 10~20개 정도는 문제도 아니라더라."

"용의 피? 용의 심장? 드래곤을 직접 사냥한 사람만 그걸 얻는대. 요리를 해서 먹으면 생명력도 엄청 오르고 맷집도 단단해진다고 하고."

"드래곤의 투지도 생긴대."

"호칭도 많이 생겼겠지."

"그런 건 아무것도 아냐. 생명력과 마나가 증가하니까."

케이베른에게 매초마다 수백 개의 마법이 적중했었다.

"헤르메스 길드에서 죽인 거 아냐?"

"역시 그렇겠지? 제일 가능성이 높은 이들이라면……."

달빛
조각사

"먹고 나서 조용히 입 다물고 있겠지. 누가 그걸 소리 내서 떠들겠어."

"마법사 쪽이 더 유력하지 않을까? 바드레이나 헤르메스 길드원들도 드래곤과 같이 죽어 간 마당에, 막타를 칠 때까지 살아 있기도 힘들었을 텐데."

"전혀 엉뚱한 사람이었을 가능성도 배제할 수 없지. 레벨 200짜리들도 덤벼들었어."

"확률로는 거의 희박하지만 전혀 불가능한 내용이 아니기는 한데……."

모라타에서 전투에 참여한 유저들은 악룡에 맞선 영웅이라는 호칭을 얻었다.

전투에 기여한 정도에 따라 힘과 정신력, 생명력, 투지가 큰 폭으로 늘어났다.

안전한 던전 위주로 사냥한 이들에게는 지금까지 얻은 수치보다 훨씬 높은 정도.

그렇기에 드래곤을 사냥한 이에 대한 조사가 계속 이어지려고 할 무렵, 곧 소문이 돌았다.

─케이베른을 제거한 것은 어둠의 살인자다.

─베르사 대륙 최고의 암살자, 그가 드래곤을 해치웠다.

─최후의 일격을 가한 그의 정체는 영혼을 파괴하는…….

출처를 알 수 없는 소문이 모라타의 유저들 사이로 파고든 것은 한순간이었다.

"암살자?"

"아… 맞네. 원래 막타는 암살자들이 잘 날리잖아."

"상대가 드래곤인데?"

"드래곤이라도 마찬가지지. 치명적인 일격 펑펑 터트리면서… 정면이라면 몰라도 암살자가 공격력은 강하잖아."

"어둠의 살인자, 영혼을 파괴하는… 익숙한 별명인데."

"양념게장이다!"

어느새 퍼지고 있는 소문이었지만, 유저들이 수긍하기에 충분한 설득력을 가졌다.

ㅡ양념게장이 드래곤을 죽였다.

ㅡ드래곤을 죽인 유저는 양념게장이다!

"우리… 얼마나 살아남았지?"

"글쎄요… 많이 죽긴 했습니다. 하지만 드래곤 사냥에는 성공했군요."

헤르메스 길드의 고위 랭커들은 모라타에 제멋대로 널브러져서 휴식을 취했다.

드래곤과의 전투는 그들에게도 극심한 피로와 긴장을 안겨 주었다.

"살아남은 것이 기적이군요."

"그러게 말입니다, 큭큭."

"마지막에 얻었던 전투 업적은… 뭐, 나쁘지 않았습니다."

"멋지게 싸웠으니 되었지요."

가우슈, 칼쿠스, 라미프터, 보에몽.

군단장들은 살아남은 동료들이 몇 안 되는 걸 보며 생각했다.

'마지막까지 싸우고, 생존한 내가 승리자지.'

'경쟁자들의 불행만큼 즐거운 일이 또 있을까.'

'오늘은 얻은 게 많았다. 아르펜 제국과의 관계도 당분간 우호적일 것이야. 우리 영지의 특산품인 비취와 수정으로 교역을 적극적으로 해 보는 것도 좋겠지.'

'내일부터의 세상은 달라질 것이다.'

헤르메스 길드의 강함은 또다시 증명되었다.

그렇지만 이번 전투의 승리는 위드의 사전 작업이 없었다면 불가능했을 것이다.

모라타에서 모든 것을 거는 승부수를 던지고, 퀘스트로 희생의 화로를 준비한 것이 결정적인 역할을 했다.

대영주들로 구성된 다양한 세력을 아우르는 영향력도 가까이에서 확인했다.

"헤르메스 길드는 당장은 독보적인 강함을 뽐내는 것이 아니라, 조용히 때를 기다리며 아르펜 제국에 협력하는 쪽이 나을 것입니다."

"저도 동감입니다. 애초의 계획이 현명했던 것 같군요."

"희망도 얻었습니다. 위드의 영향력은 강력하지만 아르펜 제국 내에서 헤르메스 길드의 경쟁자는 없어요. 위드는 어떤 면에서는 독불장군이기도 합니다. 직접적인 세력은 약하죠."

"드래곤 사냥은 우리가 해낸 겁니다. 위드가 이끌었다고 해도, 헤르메스 길드이기에 가능했던 업적이란 걸 모두가 알아줄 겁니다."

"목표대로 우린 힘을 증명했습니다. 헤르메스 길드의 강력한 힘을요!"

아르펜 제국의 체제하에서이긴 해도, 당분간 지내기에는 좋을 거라는 데 군단장들의 의견이 일치했다.

위드를 따라잡긴 힘들지 몰라도 경쟁 세력들과 격차를 벌리면서 지내다 보면 기회는 올 수 있으리라는 믿음이 생겼다.

"우리끼리 잘만 뭉친다면……."

"이탈할 필요도 없을 겁니다. 흑사자 길드? 로암 길드? 저들은 무능하니까요. 위드만 아니면 이미 끝났을 겁니다."

"헤르메스 길드의 힘을 계속 기릅시다."

"암요. 우린 더욱 강해질 것입니다."

북부의 건축가들.

미블로스와 파보는 폐허로 변한 모라타를 보며 할 말을 잃었다.

강철의 건축물 몇 개가 잔해 더미에서도 건재하긴 했지만 별 의미는 없었고, 도시 전역이 옛 모습을 알아보기 힘들 정도였다.

"예술 회관, 대도서관이 남긴 했습니다. 예술 회관은 건물 외벽이 좀 부서졌지만 그 정도 복구하는 건 일도 아니니까요."

"수로가 다 무너져서 흔적마저 사라졌어요. 도시계획부터 다시 짜야 할 판이에요."

"이 엄청난 양의 잔해는 대체 언제 다 치웁니까. 그리고 옛 모라타를 재건하려면, 건축 재료들은 어디서 구해 오죠?"

건축가들은 절망에 빠지게 되었다.

대도시를 하나 짓는 것은 오랜 역사와 함께 이루어지는 일.

모라타는 북부의 발전과 함께 커지면서 도로와 건물이 다채롭게 자리를 잡았다.

그러나 드래곤이 날뛴 결과, 대륙에서 손꼽히던 대도시는 단 하루 만에 처참하게 파괴되어 부서졌다.

"복구보다는 근처에 새로 짓는 게 빠르겠습니다."

"모라타를 완전히 이전한다고요?"

"그게 낫지 않겠습니까? 임시로 만들어 놓은 거주지를 확장하면서 건물들을 올려야지요."

"문제가 정말 한둘이 아니겠네요."

실로 암담하기 이를 데 없는 현실이었다. 특히 건축가들에게는.

케이베른이 결국 사냥당하고 대륙에 드리운 위기가 걷히긴 했지만, 그들의 관심사는 오로지 파괴된 모라타뿐.

건물 1~2개도 아니고, 도시 전체의 재개발이 필요한 상황이니 절망하지 않을 수가 없었다.

"이건 도무지……."

하벤 제국의 황궁을 지어 봤던 미블로스도 고개를 저었다.

완전히 잿더미와 잔해로 변해 버린 모라타를 도대체 어떻게 해야 할지, 무엇부터 손대야 할지 가늠조차 되지 않을 지경이었다.

그렇게 건축가들이 망연자실하고 있을 때, 모라타로 북부 유저들이 계속 밀려들었다.

먼 곳에서 구경을 하거나, 텔레비전으로 전투를 지켜봤던 이들.

"여기가 우리 집인가?"

"난 모르겠어. 다 타 버려서……."

"잿더미밖에 없네."

집을 잃은 유저들이 잔해를 정리하고, 얇은 나무판자들을 세웠다.

새로운 판잣집을 건설하기 시작한 것이다.

"우선 식당부터 문을 엽시다."

"그래요. 다 먹고살자고 하는 짓이잖아요."

"교역소가 만들어지기 전까지 시장도 필요하겠네요."

"우리 상인들이 어떻게든 물자를 공급해 줄 겁니다. 북부의 모든 상단이 동맹을 맺었어요."

유저들과 상인들은 광장과 상업 거리가 있던 잔해 더미에서 대충 좌판을 열고 장사를 시작했다.

"자, 맛있는 요리를 만들어 드리지요!"

"줄을 서세요. 그리고 제대로 된 자리는 없지만, 어디서든 앉아서 드세요. 오늘은 무료입니다!"

드래곤과 전투를 펼치느라 시간이 많이 흘렀으니, 곧 밤이 찾아오게 될 것이다.

배가 고픈 유저들이 많을 거라 생각한 요리사들은 여기저기 자리를 잡더니 곧 요리 재료를 지지고 볶으면서 음식을 만들어 냈다.

어제 요리 대회에 참가했던 요리사들이 오늘도 솜씨를 발휘하고 있었다.

폐허로 변한 모라타이지만, 좌절만이 지배하진 않는 것이다.

유저들은 벌써 새로운 오늘을 준비하고 있었다.

멍하니 지켜보던 건축가들이 하나둘 미소를 지었다.

"내일부터는 재건 사업이 확실히 벌어지겠군요."

"예. 모라타의 역사는 사라지지 않을 것 같습니다. 다시 일어나서 더 크게 펼쳐질 겁니다."

"모라타의 밤이 화려하게 빛나는 그날이 곧 다시 오겠죠."

도시 건설을 처음부터 다시 시작하더라도, 그 일이 무척이나 보람되고 재밌을 것 같았다.

페일은 들리는 소문에 당황했다.

"양념게장 님이 케이베른을 해치웠다고요?"

"그렇다더군요. 역시 암살자라서 제대로 실력 발휘를 한 것 같습니다."

부상자들을 수습하며 파이톤과 대화를 나누던 중이었다.

"하지만 그럴 리가 없는데……."

페일은 고개를 갸웃했다.

사실 그는 화살을 쏘면서 양념게장이 케이베른의 마법에 휘말려서 죽는 걸 똑똑히 봤다.

그러나 양념게장은 죽은 이후에도 전투를 펼쳤다.

그림자 암살법!

언데드로 되살아나는 죽음을 거부할 수 있는 힘과는 달

리, 암살자의 비기로 일정 시간 동안 그림자가 일어나서 싸우는 것.

공격 속도 2배에, 치명적인 피해도 2배나 입힐 수 있게 된다.

그렇게 그림자가 되어서도 열심히 공격하긴 했지만 결국 소멸되고 말았다.

"최소한 10초는 먼저 죽었는데."

"예?"

"아닙니다."

페일의 입은 무거운 편이었다. 확실히 잘 알지 못하는 사안에 대해서는 다른 사람에게 말을 하지 않았다.

"어쨌든, 정말 힘든 전투였네요."

"아무래도 그랬지요. 이긴 것만으로도 기적이라 생각하는 사람들이 많습니다."

검치와 수련생들은 전투 중에 전부 사망.

정면에서 가장 위험한 방식으로 드래곤에게 덤벼들었으니 당연한 결과였다.

타격대의 유저들도, 처음부터 싸우지는 않았던 것치고는 많은 희생을 치렀다.

케이베른의 죽음이 가까워졌을 때 막타를 노리고 덤벼드느라 입은 희생이 어마어마했다.

"인간의 욕심이란 끝이 없다던 위드 님 말씀이 맞았네요."

"가끔 그는 정말 맞는 말을 하지요. 어떤 통찰력이 있는 것처럼."

파이톤은 살아남은 것에 대한 자책감마저 느꼈다.

세간에서 그를 대단한 전사로 추앙해 주었지만, 헤르메스 길드가 싸우는 걸 보고 느낀 감정이 많았다.

"위드 님께 따로 작별 인사는 드리지 않겠습니다. 알아서 전해 주세요."

"가실 겁니까?"

"더 강해져서 오겠습니다. 10대 금역이나 좀 돌아봐야 되겠군요."

파이톤은 그렇게 검을 들고 길을 떠났다.

그리고 수많은 사람들이 페일을 찾아왔다.

"중앙 대륙의 상인들이 면담을 요청했습니다. 모라타 복구 계획에 참여 의사를 밝혔는데요."

"건축가들이 복구 계획에 대한 시안을 짜 봤다고 합니다."

"풀죽신교에서 공식적으로 축제 개최에 대한 문의가 왔습니다. 악룡을 해치웠고 모라타에서 대륙의 평화를 지켰으니, 다 같이 먹고 마셔야 하지 않겠냐고요."

페일은 그에게 찾아오는 사람들을 보며 기겁했다.

"이런 얘기들을 왜 저한테 하시죠?"

"위드 님은 쉬러 가셨고, 그동안 모라타 방어전을 준비했던 서윤 님도 휴식을 취해야 합니다."

달빛
조각사

"……."

뒤처리만 잔뜩 남겨 놓고 떠나 버린 그들.

페일은 모라타의 축제에서부터 복구에 대한 회의까지 개최해야 했다.

"술이 부족합니다."

"고기를 조달해야 하는데요, 북부 상단들에 빨리 의뢰를 넣어야……."

"헤르메스 길드에서 공식 요청이 왔습니다. 대량으로 포도주를 구입해 가고 싶답니다. 정기적으로 구매가 가능한지도 문의가 왔습니다."

어마어마한 업무가 몰려들고 있었다.

"하… 이러면 진짜 곤란한데."

페일은 잔해 더미에 앉아서 업무들을 하나씩 기록하고 검토했다.

어렵고 귀찮은 일이 잔뜩 몰려들긴 했지만, 일단 책임을 맡은 이상 꼼꼼하게 처리하는 것이 그의 성격이었다.

위드는 다시 로열 로드에 접속했다.

밥을 먹고 짧게 낮잠을 자긴 했지만, 편히 쉬진 못했다.

"역시 궁금해서 기다릴 수가 없단 말이지."

모라타에서는 하루도 지나지 않았는데 유저들이 모여 재건 작업이 한창이었다.

"더 멋진 집을 위해!"

"기대해라. 이번에는 2층집이다."

"그리스 산토리니처럼 아름다운 집이 모여 있는 곳을 만들어 봐요."

유저들은 멋진 집을 짓기 위한 작업을 시작했다.

건축가들은 잔해를 정리하며 넓은 도로부터 만들고 있었다.

"새로 만드는 도시는 옛 모라타보단 훨씬 좋아야지."

"모라타의 문화와 정서로 꽉꽉 채우면서도 아르펜 제국의 기원이 되었던 역사를 드러내면 멋지겠어."

"위드 님께 의뢰해서 케이베른의 대형 조각상을 도시 정중앙에 만드는 것은 어떤가?"

"좋은 아이디어로군. 드래곤과 싸운 도시라는 역사도 자랑해야지."

기념관이니 위대한 건축물이니 하는 아이디어들을 내놓는 건축가들의 열기가 대단했다.

잠시 좌절하기도 했지만 유저들로부터 기운을 듬뿍 얻은 것이다.

'바람직한 모습이군.'

위드는 주변이 어수선한 틈을 타서 폐허가 된 잔해 더미로 들어갔다.

전투와 관련된 갑옷과 무기들은 눈 깜짝할 사이에 벗어 버리고, 10골드짜리 여행자 복장을 착용했다.

"으음, 아무도 없지?"

위드는 사람이 없는 것을 확인하고는 반쯤 파괴된 석조 건물로 들어갔다.

모라타 경비대의 숙소.

일반 유저들에게는 허락되지 않은 곳이지만 아르펜 제국의 황제에게는 당연히 허용된 곳이었다.

"여긴 사람들이 안 올 거야."

모라타의 병사들은 드래곤과의 전투에 전혀 도움이 되지 않기 때문에 어제부터 도시 밖으로 내보내 놓았다.

"그럼… 먼저 할 일부터."

위드는 배낭에서 불씨가 담긴 잿더미를 꺼냈다.

이것은 불사조와 불의 거인의 시체!

랜도니와 싸우다가 죽은 그들의 잔해를 챙겨 온 것이었다.

"후후후, 이것만이 아니지."

그다음에 배낭에서 빠져나온 손이 꾸욱 움켜잡고 있는 것은 케이베른의 뼈였다.

블랙 드래곤이 죽는 순간 챙겼던 물건.

드래곤의 뼈 : 내구력 800/800.
고귀한 생명체에서 비롯된 매우 단단한 물질.

순수한 마나의 결정체이기도 하다.
부수거나 가공하기 대단히 힘들지만, 이것으로 만드는 무기나 방어구는 전설적인 작품이 될 것이다.

전설적인 대장일 재료.
전설적인 조각 재료.

옵션 : 제작과 관련된 스킬을 1단계 상승시켜 줌.
　　　 완성품에는 드래곤과 관련된 옵션이 일곱 가지 부여됨.

"후후, 이건 그냥 잡템에 불과해!"
드래곤의 뼈마저도 이 순간에는 한낱 잡템일 뿐!
"감정!"

악룡 케이베른의 심장 : 내구력 100/100.

지독하게 강대한 마력을 뿜어내는 드래곤의 심장.
흑마법사들이 간절히 바치기 원하는 제물이며, 영구적으로 작동하는 마법 생명체나 마법진을 만들 수 있다.
혹은 요리사들의 손에 들어가면 어떤 일이 벌어질지 모른다. 튀기거나 찌거나, 굽고, 조금 태우면 먹다가 죽어도 모를 만큼 맛있으리라.

전설적인 마법 재료.
전설적인 요리 재료.

주의!
케이베른의 심장으로 궁극의 요리법을 터득하지 못하면 먹다가 죽을 수 있음.

옵션 : 성공적으로 요리를 했을 시에는 먹는 이의 신체적인 능력을 크게 강화해 준다.

"음… 흑마법으로 바칠 건 아니니까 이건 어떻게 먹을지 천천히 생각을 해 봐야 되겠군."

팔 생각은 없는 물품이었다.

예전이었다면 누군가가 비싼 값을 제시하면 진지하게 고려해 봤겠지만, 아르펜 제국의 황제로서 자신의 몸부터 생각해야 할 때.

"주인님, 저의 몸을 만들어 주겠다는 약속은요?"

"약속은 지켜야지. 아직 다 확인해 본 건 아니지만… 그래, 우선 빛날이 네 몸부터 만들어 보자."

위드는 다양한 크기의 드래곤의 뼈들을 서로 끼워 맞췄다.

작은 뼈들과 중간 크기의 뼈들을 연결하는 방법으로 해골 조각상을 제작하기 시작했다.

"예쁘게 깎아 주면 좋겠지만… 워낙 단단해서 조각칼도 잘 안 들어가니 당장은 조립식으로 하자."

"나중에 더 예쁜 모습으로 만들어 주셔야 합니다."

"그래. 시간 날 때마다 턱도 만져 주고 할게."

뼈의 연결 부위에는 거인들의 땅에서 가져온 황금빛 미그리움을 발라 주었다.

해골의 모습이기는 했지만, 드래곤의 뼈는 보석처럼 환하게 빛났다.

쭉쭉 뻗은 팔다리에, 드래곤의 뼈라서 형상이 바바리안처럼 커다란 골격으로 제작되었다.

"생각보다 더 멋진걸."

황금처럼 빛나는 미그리움과 드래곤 뼈의 조합은 그 자체로 값비싼 예술품처럼 보였다.

"크흠, 난 처음부터 이렇게 잘 만들어질 줄 알고 있었지."

"저, 정말 고맙습니다. 주인님."

"그래. 내 은혜 잊으면 안 된다."

"절대 안 잊을 겁니다."

"평생, 영원히 잊으면 안 돼."

"네, 주인님."

빛날이가 서서히 드래곤의 재료로 만든 몸으로 스며들었다.

-조각 생명체 빛날이가 육체를 얻으려고 하고 있습니다.
 새로운 생명을 부여하시겠습니까?

불완전한 빛날이에게 육체를 주기 위해서는 생명 부여를 다시 해야 했다.

"그래. 생명을 부여한다."

-조각품에 생명을 부여하셨습니다.
 빛날이가 드래곤의 뼈로 만든 육체를 얻었습니다.
 두 가지의 속성이 추가로 부여됩니다.
 전설적인 마법의 속성(300%), 완전한 저항력의 속성(300%).
 전설적인 마법의 속성은 독보적으로 뛰어난 것입니다.
 마법을 쉽게 익히고, 불가사의할 정도로 강력한 공격력을 발휘합니다.
 완전한 저항력의 속성은 마법적인 피해를 대부분 받지 않습니다. 적의
 어떠한 정신적인 공격으로부터도 면역을 갖습니다.
 강력한 물리 방어력을 갖췄습니다.

예술 스텟이 6, 영구적으로 줄어듭니다. 줄어든 스텟은 조각품이나 다른
예술과 관련된 활동을 통해 보충할 수 있습니다.
레벨이 2 하락합니다. 레벨 하락에 따라서 보유하고 있는 스텟이 10 줄어
듭니다. 줄어든 스텟은 레벨을 올리게 되면 다시 부여할 수 있습니다.
생명이 부여된 조각품을 소중히 다루어 주십시오. 목숨을 잃으면 다시
생명을 부여해야 합니다.
완전히 파괴되었을 경우에는 되살릴 수 없습니다.

"고맙습니다. 주인님."

빛의 날개를 가지고, 몸은 드래곤의 뼈로 이루어진 전사.

조각 생명체 중에서도 단연 최강의 존재가 탄생했다.

바하모르그보다도 튼튼하며, 마법을 난사할 수 있는 존재.

"그리고 이젠……."

남은 전리품들도 확인해야 할 시간이었다.

"잠시 심호흡을 좀 하고……."

위드는 숨을 크게 들이마시고 거칠게 내뱉었다. 그다음에
는 더 빠르게 숨을 들이마셨다.

"허억, 헥헥헥헥."

도저히 진정이 되지 않는 상태.

"감정!"

클레타의 뿔

악마들의 왕 클레타의 마력이 담긴 뿔.
밝혀지지 않은 무궁무진한 힘이 간직되어 있다.

"이건 정보를 더 확인해서 대장일 재료로 쓰거나, 마법 지팡이 같은 걸 만들면 될 것 같고… 가격이야 뭐 너무 비싸서 팔지도 못하겠지?"

이름과 설명에서 대충이나마 짐작되는 효과가 있었다.

흑마법 강화 등이 가능하리라.

어쩌면 온갖 위험한 효과들이 잔뜩 포함되었을 수도 있고.

"이것도… 감정!"

죽음의 서 : 내구력 30/30.

죽음에 대한 비밀이 담겨 있는 책.

흑마법의 기초에서부터 악마들이 사용하는 주문까지 기록되어 있다.

희생, 저주, 소환, 파멸, 계약의 마법이 정리되어 있어서 3배 빠르게 마법을 배울 수 있다.

만약 악마와 계약을 한다면, 그들을 불러올 때마다 보상을 얻는다.

저자를 알 수 없음.

제한 : 악마에게 제물을 바친 자.

옵션 : 영혼을 판 흑마법사로 전직이 가능함.

생명력의 최대치 300% 증가.

마나의 최대치 2,000% 증가.

모든 마법의 위력 400% 강화.

마법 스킬과 지혜가 3배 빨리 증가함.

악마병을 지배함.

인간, 드워프, 엘프를 죽일 때마다 특별 보상.

일정 수치 이상의 업보를 쌓으면 악마들의 왕을 강림시킬 수 있음.

위드의 표정이 상당히 떨떠름해졌다.

"이것도 뭐… 엄청난 물건이긴 한데 누구한테 팔 수도 없
네."

괜히 고레벨 유저에게 팔았다가 클레타라도 강림시키면
큰일.

"감정!"

흑마법의 정수

초급, 중급 단계를 뛰어넘어 단숨에 고급 흑마법을 익힐 수 있게 해 준다.
인간의 육체를 완벽하게 흑마법사로 개조시킬 수 있다.
육체와 마력을 강화시키고, 만약 큰 충격을 받았을 때에는 악마로 변이시
킨다.

케이베른을 처치하고 얻은 전리품은, 막상 열어 보니 솔직
히 실망할 수밖에 없었다.

직접 사용할 수도 없고, 팔아먹지도 못할 물품들.

"언젠가 쓸모가 생길지도 모르지만… 뭐, 그렇다고 해서
이게 소득의 전부가 아니긴 하지. 시체에서 좋은 게 나오지
않았다고 해도 그게 드래곤의 전 재산은 아니니까."

위드는 조만간 케이베른의 레어에 다시 가야겠다고 생각
했다.

목적은 당연하게도 보물 입수!

"게장 님이나 나이드, 몇 명의 정예들로만 구성해서 가면

되겠지."

몬스터들이 엄청나게 들끓는 장소지만 케이베른이 죽은 이상, 지금은 좋은 사냥터가 될 수 있었다.

원거리에서 저격하고, 덤벼드는 몬스터들을 유인해서 사냥한다면 좋은 기회를 얻을 수 있으리라.

케이베른의 죽음으로 베르사 대륙에 변화가 시작되었다.

그룩?

우워어어!

대륙을 떠돌던 어마어마한 몬스터 군단이 자신들의 고향으로 돌아갔다.

일부는 빈 동굴이나 마을을 점령하여 새로운 서식지를 만들어 던전이 생성되기도 했다.

-우리 헤르메스 길드는 아르펜 제국의 일원으로서 책임과 의무를 다할 것이다.

헤르메스 길드도 적극적인 개방정책을 선언했다.

중앙 대륙 시절에 그들의 통치를 겪어 본 경험에 비추어 우려하는 사람들도 적진 않았다.

하지만 드래곤 사냥에 힘을 모았고, 과거처럼 악랄하게 대륙을 지배할 일이 없다는 건 누구나 알고 있었다.

-팔로스 제국이 건국되었다!

사막 지역에서는 전사들을 주축으로 사막 부족들이 하나가 되었다.

제국이 만들어지는 장대한 퀘스트의 완성.

-황제 위드!

전사들이 추앙하는 팔로스 제국의 황제로 등극한 이는 위드!

많은 이들이 노력했지만 결국 최종 과실은 위드의 몫이었다.

사막에서 활약한 수련생들은 전사 부족들을 이끌게 되었다.

위드는 모래 구릉에서 전사들을 내려다보며 소리쳤다.

"팔로스 제국과 아르펜 제국은 하나다!"

아르펜 제국으로의 통합.

북부와 중앙 대륙, 남부 대륙의 국경이 전부 이어지게 된 것이다.

미개척지들이 중간중간 남아 있긴 하지만 제국의 영토가

하나로 합쳐졌다.

"우리도 아르펜 제국이 되어야 하는 거 아니야?"

"그러게. 우리 왕국만 아니네."

동부 지역에 있는 로자임 왕국과 브렌트 왕국의 영주들에게는 상당한 걱정거리가 생겼다.

"위드가 침공이라도 하는 거 아닐까? 유저들을 잔뜩 데리고 말이야."

"에이, 설마……."

"유저들을 뭐 하러 데려와? 헤르메스 길드에만 맡겨도 우린 금방 정복당하고 말걸."

"헤르메스 길드까진 필요도 없다. 대영주들 한둘만 데려와도 끝나."

"위드가 혼자 온다고 해도… 솔직히 누가 막을 수나 있나?"

영주들이 전전긍긍하는 와중에 아르펜 제국에서는 군사력이 아닌 방식을 동원했다.

위드에게 대륙 통일에 대한 욕심은 당연히 있었다.

헤르메스 길드까지 합류시키면서 밥이 다 익어 버린 상태가 되었다고 할 수 있으니 당연히 숟가락으로 떠먹어야 하지 않겠는가!

굳이 무력을 쓰지 않아도 꼼수는 많았다.

"마판 상단입니다! 아르펜 제국의 특산물을 가져왔습니다."

"문화교류단이에요. 중앙 광장에서 전시회를 열 테니 얼마든지 참석해 주세요."

"바람따라 여행사입니다. 신속 정확하게 여행자분들을 원하는 곳으로 모십니다. 북부 관광을 원하시는 분들은 와 주세요."

문화와 상업을 바탕으로 로자임 왕국과 브렌트 왕국에 영향력을 높이는 방식을 취했다.

그들 2개 왕국을 제외하고는 전부 아르펜 제국이기 때문에 영향력은 급속도로 높아졌다.

이것만으로는 통합까지 그래도 몇 달의 시간은 걸리기 마련.

마판은 영주들을 조용히 따로 만났다.

"반란을 일으키고 아르펜 제국으로 합류하시겠습니까?"

"그것은……."

"당연히 고민이 되실 줄 압니다. 뭘 걱정하시는지도 알고요. 아르펜 제국에서는 여러분의 자리가 그대로 보전되기 힘들지 않을까 하는 점이겠죠?"

"……."

헤르메스 길드는 힘이 있어서 세력을 유지할 수 있었다. 대영주들도 나름 대가를 치르고 영토를 얻어 냈다.

그들에 비하면 동부의 영주들은 힘도 없고, 돈도 부족했다.

"쉽지 않은 결단이라는 건 이해합니다. 하지만 더 늦으면 기회는 아예 없습니다. 로자임 왕국과 브렌트 왕국이 언제까지 남아 있을 것으로 보십니까."

"……."

"결국에는 모두 아르펜 제국으로 합류하게 될 겁니다. 위드 님은 여러분을 환영하시겠죠. 아르펜 제국을 위해서 지금부터 노력하는 모습을 보여 주신다면요."

로자임 왕국과 브렌트 왕국 출신 영주들은 선택을 해야 했다.

> ─바란 마을의 영주 토르카가 반역을 일으켰습니다.
> 해당 지역은 아르펜 제국의 소속이 되었습니다.

> ─아루드 강의 12개 마을이 함께 반역의 기치를 들어 올렸습니다.
> 그들은 아르펜 제국의 영토에 속하게 되었습니다.

로자임 왕국과 브렌트 왕국 영주들의 반역!

두 왕국이 다스리는 영토는 급속도로 줄어들게 되었고, 아르펜 제국의 영향력은 갈수록 커졌다.

TO BE CONTINUED

연예계 엑스트라

왕십리글쟁이 현대 판타지 장편소설

경험치 만렙의 귀신과 함께하는
슬기로운 연예계 생활!

학창 시절부터 매니저가 되고 싶었지만
면접에서 탈락만 다섯 번째인 정훈
또다시 찾아온 면접 날
연예계의 미다스 손이라는 귀신이 들러붙는다?

"널 전설로 만들어 주지.
내 능력을 너에게 주마."

귀신과 계약하며 생긴 능력으로
상대의 키, 몸무게, 예능감 등급까지 보이는 데다
능력치를 성장시키는 아이템마저 얻을 수 있는데……

걸 그룹부터 화려한 톱스타까지
모두 내 손에서 이루어진다!

꿈의 도약, 로크에서 하십시오
(주)로크미디어에서 신인 작가를 모십니다

즐거운 세상, 로크미디어는 꿈을 사랑하고 도전을 두려워하지 않는 작가 분들의 참신한 작품을 기다리고 있습니다. 21세기 장르 문학계를 이끌어 갈 차세대 선두 주자 (주)로크미디어에서 여러분의 나래를 활짝 펴 보시길 바랍니다.

모집 분야 판타지와 무협을 포함한 장르 문학
모집 대상 아마추어 작가, 인터넷 작가
모집 기한 수시 모집
작품 접수 시 유의 사항
    1. 파일명은 작가명_작품명.hwp형식을 갖춰 주십시오.
    1. 파일에 들어갈 내용은 다음과 같습니다.
        — 성명(필명인 경우 실명을 밝혀 주세요), 연락처, 이메일 주소.
        — 제목, 기획 의도.
        — A4 용지 1장 분량의 등장인물 소개.
        — A4 용지 2장 분량의 전체 줄거리.
        — 본문.
    1. 작품이 인터넷에 연재되고 있다면, 게시판명과 사이트의 구체적이고 정확한 주소를 기재해 주십시오.

선택된 작품은 정식 계약 후 출판물로 간행되어 전국 서점에 유통됩니다.
작가분은 (주)로크미디어의 전폭적인 지원하에 전속 작가로 활동하게 됩니다.
※ 자세한 내용은 로크미디어 홈페이지(rokmedia.com)를 참조하세요.

(03920) 서울시 마포구 성암로 330 DMC첨단산업센터 3층 318호
(주)로크미디어 편집부 신간 기획 담당자 앞
전화 : 02 - 3273 - 5135
www.rokmedia.com   이메일 : rokmedia@empas.com

ROK
MEDIA
로크미디어

음악의 신들과 함께한다

이한성 현대 판타지 장편소설

못 나가던(?) 싱어송라이터
뮤지션의 정점에서 세상을 노래하다!

가망 없는 싱어송라이터의 꿈을 접고
영세 엔터테인먼트의 사장이 된 한지혁,
소속 가수를 구하려다 사망……
눈떠 보니 과거로 돌아왔다?

음악의 신들이 당신의 뒤에서 웃음 짓습니다

귀 밝은 악성, '들리지 않는 예술가'
전설의 기타리스트, '여섯 현의 마술사'
록밴드의 신화, '또 하나의 여왕'
매력 넘치는 신들과 함께라면 어떤 장르든 OK!

건드리는 음악마다 히트, 또 히트!
만능 엔터테이너 한지혁의 짜릿한 성공기!

哲宗 철종

강동호 대체역사 소설

『효종』『대망』의 작가, 강동호!
미래의 지식으로 군림할 **철종**과 돌아오다!

4년 차 역사학 시간강사 태수
전임 교수 임명에 제외된 날 트럭에 치였는데
정신을 차리니 철종이 되었다?

세계열강이 아시아를 욕심내는 1850년대
조선을 지키기도 벅찬 마당에
국정 농단으로 나라를 좀먹는 세도정치와
온갖 패악을 부리는 서원까지……

내탕금을 털어 키운 정보 조직을 이용해
내부의 적은 때려잡고
화폐개혁과 군사제도 역시 개편해
전쟁의 역사에 맞서 조선의 운명을 뒤바꾼다!

예정된 혼돈의 시대
시간을 거스른 철종, 진정한 군주가 되어
조선을 지키고 세상을 가질 것이다!